捨てられたはずが、再会した若旦那様の蕩ける猛愛に絡めとられました

m a r m a l a d e b u n k o

マーマレード文庫

目次

捨てられたはずが、再会した若旦那様の蕩ける猛愛に絡めとられました

プロローグ…………6
第一章…………23
第二章…………48
第三章…………85
第四章…………125
第五章…………153
第六章…………189
第七章…………230

第八章……265
エピローグ……298
あとがき……314

捨てられたはずが、再会した若旦那様の蕩ける猛愛に絡めとられました

プロローグ

朝永渚《あさながなぎさ》は、高校二年生の終わりに初体験を迎えた。

三月一日、卒業式を終えたばかりの上倉律《かみくらりつ》と自分の部屋で初めて抱き合うことになった渚は、心臓が喉から飛び出るかと思うくらいにドキドキしていた。

「……ぁ……っ、先輩……」

バスケ部だった律の手は大きく、それが自分のささやかな胸に触れていると思うだけで、鼓動が速まる。

部屋のカーテンが閉められているとはいえ、午後の明るい時間帯に抱き合っていることも渚の緊張を高めていた。彼の目に自分がどう映っているのかを想像すると、恥ずかしさで消え入りたい気持ちになる。

こうなるまでに三ヵ月間の交際期間を積み重ねてきたとはいえ、取り立ててスタイルがいいわけではない渚にとっては、すべてを見られている状況は羞恥以外の何物でもなかった。

抱き合う場所に自分の部屋を選んだのは、渚は母親の典子《のりこ》と二人暮らしで、彼女は日中仕事で不在だからだ。おかげで声を聞かれる心配はないが、それで恥ずかしさが軽減されるかというと、そんなことはまったくない。

渚の胸を愛撫《あいぶ》していた律が、ふいに視線を上げた。彼はとても端整な顔をしていて、普段は感情を表に出さないが今は欲情を押し殺した目をしている。

それにドキリとして息を詰めて見つめ返すと、律の手がスカートをまくり上げて脚の間に触れてきた。

「あ、……」

彼の触れ方は、慎重だった。

渚と同様に律も初めてで、気持ち的にはまったく余裕がないはずなのに、極力こちらを傷つけないように気を使っているのが触れた手から伝わってくる。

やがて彼が中に押し入ってきたとき、渚は強い圧迫感と痛みに思わず呻《うめ》き声を上げた。内臓がせり上がるような苦しさを感じながら揺さぶられ、涙のにじんだ目で律を見上げる。

(どうしよう、すごく痛い。でも……)

ずっと彼が好きだったため、後悔はない。

そう考えながら、渚は律との出会いを頭の片隅で思い出す。

彼は渚の親友である、上倉仁美《ひとみ》の兄だ。彼女とは小学三年生のときに同じクラスになったのをきっかけに仲良くなったが、その兄の律とは顔見知り程度の関係が長く続いた。

だが年齢を重ねるにつれて少しずつ彼を異性として意識し始め、中学三年生の頃には明確な恋愛感情を抱いていた。スラリとした長身で成績優秀な律は、とても整った顔立ちをしている。

意志の強さを感じさせる切れ長の目元、高い鼻梁《びりょう》、薄い唇とすっきりとした輪郭が形作る容貌は硬質な印象で、中学の頃も校内で五本の指に入るイケメンだと言われていた。

如何《いかん》せん口数が多くないこと、眉間に皺《しわ》を寄せる癖があることで一部からは「ちょっと怖い」と思われていたようだが、小学校から彼を見てきた渚はそういう人物ではないのをよく知っていた。

律は犬に好かれる性質《たち》で、通学路を散歩中の犬たちによくじゃれつかれている。飛びつかれても嫌がらず、身を屈《かが》めて撫《な》でてやっているときの彼は微笑《ほほえ》んでいて、優しい表情をしていた。

バスケ部に所属しており、試合が劣勢になると他のメンバーはピリピリしていたが、律は苛立《いらだ》ちを顔に出すことなく前向きな言葉で周囲を励ましている。そんな姿を見るうち、渚はどんどん彼を好きになっていくのを止められずにいた。

仁美は渚が律に好意を抱いているのを知っていたものの、「いつも眉間に皺を寄せてるお兄ちゃんを好きなんて、あんたも物好きだね」と冷めた反応だった。上倉家に遊びに行き、たまたま顔を合わせると彼が「いらっしゃい」と言ってくれるのがうれしくてつい訪問回数が増えていたが、自分から行動を起こそうと思ったことは一度もなかった。

転機が訪れたのは、三ヵ月前の十二月の頭だ。仁美の家から帰ろうとした渚は、外に出てしばらく歩いたところで突然律に呼び止められた。そして「いきなりこんなことを言って戸惑うかもしれないけど、俺とつきあってくれないか」と告白された。

聞けば彼は、妹の親友である渚に以前から好意を抱いていたという。高校は別々になってしまったものの、二年前に自分とは違う学校の制服を着た渚の姿にぐっと心をつかまれ、いつ告白しようか悩んでいたらしい。

「うちに遊びに来たとき、挨拶するたびにパッと顔を赤らめるのを可愛《かわい》いと思ってた。

俺は受験生で、大学に進学すればこの家を出るし、そうすれば朝永さんとの接点はなくなる。だからその前に告白したいと思ったんだ」

律が自分を好きだという事実は、渚にとって青天の霹靂《へきれき》だった。

しかし断る理由はなく、それから交際が始まった。学校が違うため、主にメールでやり取りをし、放課後に待ち合わせる。律は成績優秀で塾には通っておらず、それでも受験生であるのを考慮して渚は自分から連絡するのを控えていたが、彼は週に半分くらいの頻度で会う時間を作ってくれた。

放課後にファストフード店でお茶をしたり、一緒にショッピングモールや映画に行ったりと、ごく普通のデートでも渚は楽しかった。パッと見は寡黙に見える律だが、話してみると案外気さくで会話が弾む。

彼の妹の仁美が渚の親友ということもあり、彼女に関する話題が多いのも、早く打ち解けるきっかけになった。

律も渚も誰かとつきあうのは初めてで、交際は手探りだったものの、彼は急がなかった。手を繋《つな》ぐことから始まり、初めてキスをしたのはつきあい始めて一ヵ月後だ。二ヵ月後には渚の部屋できわどい展開になりかけたものの、律は途中で自制して言った。

「俺はこのあと、受験を控えてる。でも今渚としてしまったら、たぶんそのことしか考えられなくなると思うんだ。だからこれ以上は、大学の合格発表まで我慢したい」

彼の考えは理解でき、渚はそれを了承した。

やがて二月の中旬に合格発表があり、律は見事に志望校に合格した。だが大学は地元から遠く離れた東京《とうきょう》で、高校の卒業式が終われば彼は独り暮らしをするためにこの町を出ていく。

それはわかっていたものの、いざ現実を目の当たりにすると渚の胸は締めつけられた。東京に行った律には、きっと多くの出会いがあるだろう。顔立ちが整っている彼はきっと女性にもてるはずで、そうなればいつまでも自分を想《おも》ってくれるとは限らない。

（わたし、こんな気持ちのままで先輩としちゃったら後悔するんじゃないかな。結局東京に行った彼と距離ができて、別れることになったら――）

そうしたらきっと、立ち直れない。

そんな後ろ向きな気持ちがこみ上げ、渚は合格した律を祝福しつつも、その日は「急に具合が悪くなった」と言ってわざと帰ってしまった。それから十日ほどあれこれ理由をつけて彼を避けていたが、卒業式を数日後に控えたある日の夜、自宅を訪ねてきた律に「少し話ができるか」と言われ、外に連れ出された。

そして真っすぐな目で見つめられ、問い質《ただ》された。

「渚が最近俺を避けてるのは、やっぱり東京に行くのが決まっているからか」

街灯が照らす道を歩きつつ、直球でそう尋ねられた渚は、言い逃れができずに頷《うなず》いた。

「ごめんなさい。先輩が大学に合格したのはうれしいのに……本当に東京に行っちゃうんだって思うと、このままつきあうのが不安になって。だって中途半端にしちゃったら、わたしは先輩を忘れられなくなります。それで東京の生活のほうが楽しくなって捨てられたりしたら、きっと立ち直れないです」

するとそれを聞いた彼はこちらに向き直り、真摯な口調で告げた。

「俺は東京に行ったからって、渚と別れる気はない。そもそも大学に進学したらもう接点を持つ機会がなくなると思ったから、勇気を出して告白したんだ」

「でも……」

「渚のことが好きなんだ。信じてほしい」

律の眼差《まなざ》しには嘘《うそ》がなく、それを見た渚の胸がぎゅっとした。彼はポケットの中に手を入れ、小さな包みを取り出して言った。

「東京に行ってもまめに連絡するし、長期の休みには必ず会えるようにする。これはその約束として受け取ってほしい」

「何ですか？」

それは小さなジルコニアが付いたネックレスで、手に取った渚は感嘆のため息を漏らした。

「きれい……」

「本物のダイヤじゃないけどな」

「そ、そんなの当たり前です、学生なんですから。いいんですか？　もらっても」

「ああ。できるだけ身に着けてくれるとうれしい」

突然のプレゼントに、渚はすっかり心をつかまれていた。

自分は後ろ向きな気持ちになっていたのに、律はこうして真っすぐにぶつかってきてくれる。そんな彼への想いが一気に溢《あふ》れて、泣きそうな顔でつぶやいた。

「ありがとうございます。先輩がくれるなら、お菓子のおまけでも全然よかったのに」

「それで、返事は？」

「えっ」

「この先も、俺とつきあってくれるか」

律の問いかけに、渚は面映ゆさをおぼえながら「はい」と頷く。

すると彼が、ホッとした様子で言った。

「よかった。もし『大学に合格したら抱きたい』って言ってたのが渚の重荷になってるなら、俺は急がない。徐々に時間をかけて、そういう関係になれたらいいと考えてる」

「……先輩」

こちらの躊躇《ためら》いを読んでそう告げてくる律に、渚は何と返していいかわからなくなる。街灯が照らす暗い夜道で、彼は微笑んで言った。

「今日はもう帰る。――おやすみ」

「……おやすみなさい」

プレゼントされたネックレスは、華奢《きゃしゃ》な造りではあるものの光を反射して美しく、渚は何度もうっとりして眺めた。

仁美は「へー、お兄ちゃんにこんなものをプレゼントする甲斐性《かいしょう》があったんだ」

とつぶやき、朴念仁《ぼくねんじん》の兄の発想を評価していた。律と話したことで渚は彼への気持ちを再確認し、遠距離恋愛への覚悟が決まった。

それから数日後の卒業式の日、午後から律と会った渚は「卒業おめでとうございます」と言ったあと、自分の覚悟を告げた。

「あの、わたし……先輩との約束を果たしたいんです」

「約束って、『大学に合格したら』って言ってたやつか？」

「はい」

つきあって三ヵ月、彼は渚の気持ちを無視することなく、いつも尊重してくれた。そんな律と、確固たる繋がりが欲しい。心も身体《からだ》も結びつくことができたら、きっと彼が東京に行っても揺るぎなく信じられる気がした。

かくして渚は律を自宅に招き、自分の部屋で彼と抱き合った。律の家を選ばなかった理由は、そこが無人ではないからだ。彼の家は歴史ある大きな旅館を営んでおり、自宅は和風の大邸宅で、昼間は家政婦がいる。

初めての行為は痛みが強く、決して気持ちいいとは思えなかった。だが彼の熱を孕《はら》んだ眼差しや触れ合う素肌、ずっしりした身体の重みは渚の心を満たし、忘れられない初体験となった。

行為が済んだあと、どういう顔をしていいかわからなかった渚は、極力律の顔を見ないようにしていた。彼が何度も話しかけてくれたが生返事しかできず、玄関まで見送りに出て、「じゃあ」と言って別れた。

翌日、自宅に泊まりに来た仁美に聞かれるがまま、渚は律と初体験を済ませたこととその感想を語った。そして遠距離恋愛を頑張るつもりであると告げると、彼女は「ふうん」「まあ、上手《うま》くいくように祈っとく」と応えてくれた。

しかしそのあと、渚は律からもらったネックレスを失《な》くしてしまった。肌身離さず持ち歩いていたはずなのに、どこを捜しても見つからず、ひどく青ざめた。

（どうしよう。先輩がわざわざ買ってくれたものなのに、もし失くしたなんて知れたらきっと軽蔑される）

自宅や学校、通学路もくまなく捜したものの、やはり見つからない。

彼に会わせる顔がなく落ち込んでいると、学校で仁美が思いがけないことを言った。

「――お兄ちゃん、予定より早く東京に行くみたいだよ」

「えっ」

「昨夜《ゆうべ》うちのお父さんと、喧嘩《けんか》してたんだ。元々お父さんが、お兄ちゃんの東京進学に反対してたのは知ってるでしょ？」

「うん」

律の父親の康弘《やすひろ》は息子に近場の大学に行ってほしかったらしく、東京の大学に進学する話にずっと異を唱えていたらしい。

二人は長いこと対立し、律は反対を振りきる形で進学を決めたが、康弘は「親の言うことが聞けないなら、援助は一切しない」と言っているという。

「私とお兄ちゃんはお祖父《じい》ちゃんが亡くなったときに相続したお金があるから、お兄ちゃんはそのお金を使って入学金を払ったの。でもお父さんはそれが面白くなくて、東京で住むアパートの保証人にもならないって言い出して」

母の万季子《まきこ》が「さすがにそれは」と口を挟んだところ、康弘は「お前は黙っていなさい」と吐き捨てたため、律が「母さんに八つ当たりをするな」とたしなめたところ、父が激昂《げっこう》した。

それから激しい言葉の応酬となり、康弘ととことん拗《こじ》れてしまった律は、予定より早く実家を出て東京に行くと発言していたのだと仁美は語った。

「そんな……」

「お兄ちゃんから、連絡きてなかった？」

「ううん、全然」

彼と抱き合ったのは一昨日だが、昨日《きのう》からメールがきておらず、渚はふと不安になる。

律が父との喧嘩で落ち込んでいないかどうかが気になり、連絡を取りたいと思うものの、ネックレスを紛失した事実が重くのし掛かってなかなか決断できなかった。

そうして悶々《もんもん》としていた翌日、昼休みに携帯電話を確認してみると、彼から「ごめん」というメールが届いていた。それ以外の文言はなく、渚はその意味を考えた。

（「ごめん」ってどういう意味？　一体何に対して謝ってるの……？）

なぜだか胸騒ぎがして、渚は律に電話をかけた。

すると話し中なのか〝プー、プー〟という電子音が鳴り、一旦通話を切る。しかし何度かけても同じ音が鳴り、渚はふと「これはもしかして、着信拒否されているのではないか」と考えた。

（わたしの機種で着信拒否設定をしたら、相手にはこういう音が鳴るんだって聞いたことがある。先輩、もしかしてわたしの電話番号を拒否してる……？）

心臓がドクドクと速い鼓動を刻み、手のひらに嫌な汗がにじむ。

試しにメールを送ってみたものの、〝宛先不明〟となって送信できなかった。それを見た渚は混乱し、隣のクラスの仁美の元に向かう。すると彼女は、胡乱《うろん》な表情になって言った。

「お兄ちゃんから、着信拒否されてる？　何で？」

「わかんない。電話をしても通じないし、メールも……」

「じゃあ、私が連絡してみるよ」

仁美が電話をかけると、コール音は鳴るものの律は出ない。

自宅にかけ直した彼女は、電話に出た母親の万季子に「お兄ちゃん、家にいる？」と問いかけた。そしてすぐに目を見開き、「はあ？」と言う。

「もう行ったって、何で？　予定ではまだ先だったんじゃ……」

しばらくやり取りした仁美が、電話を切る。そして渚を見つめ、こわばった表情で口を開いた。

「──お兄ちゃん、当初の予定を早めて、今日東京に行ったんだって」

「えっ」

「お父さんと同じ家にいたくないからって。『大学に通うあいだの生活費は、全部自分でバイトして賄う。父さんの援助は一切受けない』って言ってたみたい」

「そんな……」

律が自分に何の相談もなく東京に旅立ったと聞き、渚はショックを受けた。

しかも電話もメールも着信拒否されたということは、彼は自分と別れるつもりなのではないだろうか。

(何で？　わたしがネックレスを失くしたから？　でも先輩は、まだそのことを知らないはず……)

数日前に律と初めて抱き合い、渚は幸せだった。

北海道《ほっかいどう》と東京、距離は遠く離れてしまうが、真っすぐに自分を想ってくれる彼とならきっと遠距離恋愛でもやっていける。そう思っていたのに、「ごめん」の一言だけで着信拒否し、黙って旅立ってしまったのだろうか。

気がつけば涙がポロリと零《こぼ》れ落ち、それを見た仁美が慌てて「ちょっと、場所を変えよう」と言って人気《ひとけ》のない階段に渚を連れていく。

そしてこちらを見下ろし、眉をひそめて問いかけてきた。

「渚、お兄ちゃんから何も聞いてないの？　お父さんとの喧嘩のこととか、今日発《た》つこととか」

「聞いてない。昨日は何も連絡がなくて、わたしもネックレスを失くしたのを先輩に知られたくなかったから、連絡してなくて……。そうしたら、さっき『ごめん』っていうメールがきてて」

その一言を最後に電話もメールも着信拒否されているのだと説明すると、彼女は舌打ちして忌々《いまいま》しげにつぶやく。

「あの馬鹿兄貴、何やってんのよ。これじゃあまるで、渚がやり捨てられたみたいじゃない」

「やり捨て……」

仁美の言葉が胸に突き刺さり、渚は呆然《ぼうぜん》と立ち尽くす。

律の行動は、不誠実だ。こちらの処女を奪っておきながら「ごめん」の一言で連絡を絶ち、黙って東京に旅立つのは、彼女の言うとおり〝やり捨て〟というのがふさわしい。

(……そっか。わたし、先輩に遊ばれたんだ)

渚の目から見た彼は浮ついたところのない、真面目で誠実な人間だった。

しかし実際はそんなことはなく、もしかすると東京に行く前に地元で初体験を済ませておきたかっただけなのかもしれない。

結局そのあと、律からは何の連絡も弁明もなかった。仁美は怒って何度か彼に連絡をしたようだが、律は着信拒否はしていないものの妹の電話にまったく反応せず、彼女は「お手上げだわ」とつぶやいていた。

「我が兄ながら、心底呆《あき》れた。渚、あんな男のことはさっさと忘れなよ。あんたはそこそこ可愛いんだから、きっともっといい出会いがあるって」

仁美は渚を心配し、あちこち遊びに連れ出したり、自宅に泊まりに招いて夜通し何度も話を聞いてくれたりもした。

普段は口調もつっけんどんで態度に棘《とげ》があるタイプの彼女は、根っこの部分は優しい。そんな仁美の気遣いに少しずつ癒やされたものの、律の裏切りは渚の中で深い心の傷となった。

（もう先輩のことは、忘れよう。わたしはあの人が好きだったけど、先輩の中ではそうじゃなかったってことなんだから）

ネックレスを失くしたのは申し訳なく思うが、こんな結末になるならかえって失くなってよかったのだろう。

そうして必死に気持ちの折り合いをつけようとしながら、渚は胸の痛みをじっと押し殺した。

第一章

北海道の中心部に位置する旭川市《あさひかわし》は、道内では札幌《さっぽろ》に次ぐ大都市だ。道北エリアの経済や産業、文化の中心として位置づけられており、全国的な知名度を誇る旭山《あさひやま》動物園の他、パウダースノーを売りとしたスキー場も多く、旭川空港からは東京や名古屋《なごや》、大阪《おおさか》への直行便が出ていてアクセスもいい。

旭川の町の中心部には高層ビルが立ち並び、ホテルやショップ、飲食店でにぎわっていた。そんな中、駅前のビルの中にある学習塾で働く渚は、昼休みにスマートフォンにメッセージがきているのに気づく。

（仁美からだ。「手が空いてるときに、電話ちょうだい」？　一体何だろう）

自分で作ったお弁当を食べながら、渚は幼馴染《おさななじみ》の仁美に電話をかける。

小学三年生のときに同じクラスになったのをきっかけに仲良くなった彼女とは、二十八歳になった今も親しくしており、もう二十年来の仲だった。

今日は平日だが、実家暮らしで働いていない仁美は有り体に言って暇だ。四コール目で彼女が出て、渚は卵焼きを嚥下《えんげ》しながら電話の向こうに呼びかけた。

「もしもし、仁美？　どうしたの、電話をくれだなんて」

『ちょっと、あんたに報告したほうがいいことを聞いたから。あー、でもどうしようかな。直接会って話したほうがいいかも』

　煮えきらない発言はいつもの仁美らしくなく、渚は戸惑って言う。

「何なの。どういう用件なのか、簡潔に言って」

『じゃあ、話すけど。――お兄ちゃんが、うちに帰ってくるんだって』

「えっ」

『顔を出すってことじゃなく、本格的にうちの旅館を継ぐために戻ってくるみたい』

　渚は驚き、絶句する。

　彼女の兄の律は、かつて三ヵ月だけつきあっていた相手だ。彼は大学に進学する際に実家を出て、それ以来十一年間帰ってきていなかった。

　心臓が嫌なふうに脈打ち、手のひらにじわりと汗がにじむ。渚はスマートフォンを持つ手に力を込め、ぎこちなく答えた。

「……そうなんだ」

『やっぱ電話より、直接会って話したほうがいいね。今日の夜、九時くらいにあんたん家《ち》に行っていい？』

「うん、いいよ」

それから午後の時間帯、仕事をする渚はどこか気もそぞろだった。

この十一年間、律を完全に忘れられたかといえばそんなことはない。折に触れて思い出し、そのたびにかつて味わった痛みがよみがえって、落ち込むときが多々あった。

（馬鹿だよね。高校のときのことなんかさっさと忘れればいいのに、いつまでも引きずってるなんて）

やがて仕事が終わり、帰宅して諸々の雑務を終えた午後九時頃、仁美がやって来る。

「こんばんは。悠《ゆう》はもう寝た？」

「うん、ぐっすり」

「おじさんは？」

「今日は部署内の歓迎会があるから、帰りが少し遅くなるって」

「ああ、今はそういう時季だもんね」

彼女はコンビニで缶酎ハイを買ってきていて、渚は買い置きのポテトチップスの袋を開ける。缶をぶつけ合って乾杯したあと、仁美がこちらを見つめて言った。

「電話のあと、いろいろ考え込んじゃったんじゃない？　大丈夫？」

「うん。でも、急に帰ってくるって一体どうして？　先輩、東京のホテルで働いてるんじゃなかったっけ」

大学の経済学部を卒業後、律はこちらには戻らず、有名ホテルチェーンに就職したと聞いている。すると彼女が「それがさ」と言い、思いがけないことを告げた。

「――うちの旅館、かなり経営がやばいみたい。それでお父さんがお兄ちゃんに『こっちに戻ってきて、経営を手伝ってくれないか』って言ったらしいの」

「えっ」

仁美の実家は、上倉旅館という老舗《しにせ》の宿を営んでいる。

創業一〇三年の歴史と一四〇〇坪に亘《わた》る広大な敷地を誇り、ナトリウム・カルシウム塩化物泉の自家源泉が愉《たの》しめる、格式高い高級温泉宿だ。

この辺りでは知らぬ者がいないほどの旅館で、テレビやトラベル雑誌に何度も取り上げられたことがあり、そこを経営する上倉家は町の名士だといわれている。

渚は昔から仁美と仲が良く、旅館に併設された自宅部分に何度も出入りしているが、純和風の邸宅は百坪を超す広さで上倉家の豊かさを如実に示していた。ガレージには高級車が三台並び、この辺りで一番の資産家と言っても過言ではない。

そんな上倉家が、今経営難に陥っているという。渚は信じられない気持ちで目の前の彼女を見つめた。

「経営がやばいって、そんなに深刻なの？」

「わたしは旅館の経営にタッチしてないからお母さんから聞いた話だけど、数年前から右肩下がりに客足が落ちてきてるんだって。ほら、今はＳＮＳがあるから、ネガティブなことがどんどん発信されちゃうでしょ？　うちの旅館の老朽化とか、接客態度とかがやり玉に挙げられてたみたい」

母親の万季子いわく、上倉旅館は法的整理を考える寸前まできているといい、社長の康弘は厳しい選択を迫られているという。渚は仁美に問いかけた。

「それで、先輩を呼び戻してどうするの」

「お兄ちゃんは大学の経済学部に入って、ビジネス学科で経営やマーケティングについて学んだあと、ホテル業界大手の間宮《まみや》ホテルグループのマネジメント部門で働いてたの。そこはグループ傘下のホテルのコンサルティングを担当する部署で、つまりホテルや旅館運営に関するノウハウがあるみたい」

康弘は一〇〇年余りの歴史がある上倉旅館を自分の代で潰すのは忍びなく、律に後を継いでくれるよう持ちかけたらしい。

二人の間には大学進学を巡って根深い確執があり、これまで数えるほどしか連絡を取ってこなかったようだ。だが康弘のほうから頭を下げ、再三に亘る説得を試みたことで律の態度が軟化し、今の仕事を辞めて旭川に戻ってくる決心をしたのだという。

「……そうだったんだ」

「まさかそこまで経営が悪化してるとは思わなかったから、私もびっくりしちゃった。お母さんに『私、実家《ここ》を出ていったほうがいい？』って聞いたら、今日明日破産するわけじゃないから大丈夫って言われたけど」

実は仁美は、出戻りだ。

彼女は短大時代からつきあっていた相手と三年前に結婚し、彼の転勤で数年間札幌で暮らしていたものの、去年の年末に離婚してこちらに戻ってきた。原因は性格の不一致で、今は職に就かず実家で家事手伝いをしている。

缶酎ハイを飲んだ仁美が、ため息をついて言った。

「でもそういう話を聞いたら、さすがにいつまでも親の脛《すね》を齧《かじ》ってるわけにはいかないよね。そろそろ仕事を探そうかな」

「……………」

「それで、お兄ちゃんの話だけど。会社を退職して、向こうの住まいも引き払ってくるから、実際に戻ってくるのはゴールデンウィークが明けた来月の半ばになるみたい」

約一ヵ月後に、律が戻ってくる。

そう考えた渚は、ひどく落ち着かない気持ちになった。高校二年の終わり頃、彼の卒業式の日に初めて抱き合い、その数日後に「ごめん」というメールを一通寄越しただけで渚は捨てられた。

携帯電話もメールもブロックされ、それ以来何の音沙汰もなかったのだから、そう言わざるを得ないだろう。あれから十一年の月日が経《た》ったが、律は年末年始や親戚の慶弔行事の際も、一度もこちらに帰省しなかった。

それは彼の拒絶の意思を如実に表しており、渚の胃がぎゅっと引き絞られる。

(上倉家とうちは徒歩十分くらいしか距離が離れてないし、先輩がこっちに戻ってきたらどこかでニアミスするかもしれない。……そのときわたしは、どんな顔をしたらいいんだろう)

律の顔を見るのが、怖い。彼に会うのを想像するだけで捨てられたときの痛みがよみがえり、どうしたらいいかわからなくなる。

するとそんな渚に気づいた仁美が、テーブルに身を乗り出して言った。

「そんな顔しないでよ。お兄ちゃんが戻ってくるときはあんたに連絡するし、何なら接触しないように釘《くぎ》を刺しとく。十一年ぶりとはいえ、やっぱ昔のことを思うと会いたくないでしょ」

「……うん」

「まあ、これだけ近くに住んでるから、永久に会わないのは無理かもしれないけどね。でも向こうも多少は、罪悪感があるはずだし」

仁美は十時半に帰っていき、渚は玄関の鍵を閉める。

しんと静まり返った玄関で一人になった途端、重いため息が漏れた。頭の中は、先ほど彼女から聞かされた話でいっぱいだ。

上倉旅館の経営を立て直すために戻ってくる律は、今頃何を考えているのだろう。これだけ長いあいだ帰省しなかった地元に仕事を辞めてまで戻るのだから、きっと並々ならぬ決意でいるに違いない。

それから一ヵ月ほど、渚は落ち着かない気持ちで過ごした。毎日家事と仕事に追われて多忙だったが、忙しいほうが余計なことを考えずに済む。

だが時の流れは止めようがなく、気がつけば暦は五月十九日になっていた。この時季の旭川の気温は二十度に届かず、朝晩は冷えるためにまだ上着が手放せない。

だがちょうど桜が咲いていて、あちこちでピンクの花びらをハラハラと落としている様はとても華やかだった。

その日、午後五時で仕事を終えた渚は近くの保育園に向かった。すると若い保育士が、笑顔で中に呼びかける。

「悠くん、お迎えが来たよー」

やがて保育士に連れられて出てきたのは、現在四歳の男の子だ。サラサラの癖のない髪と可愛らしい顔立ちの彼に、渚は笑顔で声をかけた。

「悠、今日はいい子にしてた？」

「うんとね……普通」

「そっか、普通か」

保育士に挨拶して外に出た渚は、悠と手を繋ぎながら笑顔で言う。

「今日の晩ご飯、カレーにしようか。悠、野菜を星の形に抜くの手伝ってくれる？」

「うん、いいよ」

スーパーで買い物をし、バスに乗る。

二十分ほどの距離を、彼はおとなしく座っていてくれた。バスから降り、自宅までの三分ほどの距離のあいだ、突然道の脇にしゃがみ込んだ悠が地面に落ちた桜の花びらをかき集め始める。それを見た渚は、身を屈めて言った。

「花びらをおうちに持って帰ったら、散らかって汚くなっちゃうよ」

「なーちゃんは女の子で、ピンクが好きだから、おへやの床に飾りたいの」

彼の気持ちはうれしいものの、掃除する手間をできるだけ省きたい渚は、悠の顔を覗《のぞ》き込んで提案した。

「ね、きれいな花びらを五枚だけ選んで、画用紙に貼るのはどう？　そうしたら散らからないし、壁に貼ればずっときれいなままで見ていられるよ」

「うん」

「じゃあ、五枚だけ選ぼう」

彼の花びら選びにつきあっていると、ふいに車道で一台のタクシーが減速して停《と》まる。

後部座席のドアが開き、そこから出てきた人物がポツリとつぶやいた。

「……渚？」

突然名前を呼ばれた渚は驚き、顔を上げる。

そこにはスーツ姿の男性がいて、こちらを見ていた。年齢は三十歳くらいで、仕立てのいいスーツを着ている。

背が高くスラリとした体型であるものの、身体には男らしい厚みがあり、ひ弱な感じは一切しない。意志の強さを感じる目元、きれいに通った鼻筋、シャープな輪郭が際立たせる容貌は端整で、洗練された雰囲気の持ち主だった。

その顔立ちには見覚えがあり、渚は呆然としながら立ち上がる。そして彼を見つめ、小さな声で言った。

「……先輩」

たとえ十一年ぶりの再会でも、彼の顔を見間違えるはずがない。

かつてより格段に大人になった姿は新鮮だったが、同時に渚をひどく動揺させていた。

(嘘……こんなところで会っちゃうなんて)

視線が絡み合い、渚はそこから動けなくなる。

永遠にも思える数秒間、言葉もなく見つめ合った。やがて彼——上倉律が、ぎこちない口調で告げる。

「……久しぶり」

男らしい響きの低い声を聞いた途端、渚はかあっと頭に血が上るのを感じた。

その声には恋人同士だった頃の片鱗《へんりん》があり、一気に気持ちが昔に引き戻される。それと同時に傷つけられた痛みが鮮やかによみがえり、ぐっと顔を歪《ゆが》めた渚は腕を伸ばすと、しゃがみ込んだままの悠の身体を抱き上げた。

すると彼が、びっくりした顔で言う。

「まって、花びら――……」

「あとでね」

地面に手を伸ばす悠の耳元でそうささやき、渚は急いでその場をあとにする。

心臓がドクドクと速い鼓動を刻んでいた。律が帰ってくるのはそろそろだと仁美から聞かされていたが、まさかこんなところで再会するとは思わず、ひどく動揺している。

(先輩、すごく大人になってた。スーツ姿が様になってて、声も昔より低くて……)

高校生だった頃の印象しかなかった彼は、すっかり大人の男性になっていた。

癖のない髪はきちんとセットされ、いかにも仕事ができそうなビジネスマンという雰囲気になっていて、そのギャップに苦しくなる。

(十一年も経ってるんだから、見た目が変わってて当たり前だ。それなのにわたしは……)

律との間に埋めようのない距離を感じて傷ついているなど、本当に馬鹿げている。

そう考え、顔を歪める渚を見た悠が、戸惑った様子で言った。

「なーちゃん、どうしたの。どこか痛い……?」

彼の言葉を聞いた渚はふと我に返り、急いで表情を取り繕う。そして知らず力がこもっていた腕を緩め、悠に向かって微笑んだ。

「何でもないよ。ごめんね、花びらまだ拾ってなかったよね」

「あしたまた、拾える？」

「うん。続きは明日にしよう」

彼の身体を地面に下ろし、手を繋いで歩き出しながら、渚は唇を引き結ぶ。

律が帰ってきたのにはひどく落ち着かない気持ちになるが、こちらにはこちらの生活がある。なるべく彼のことは考えず、日々の暮らしを優先させるのが第一だ。

（そうだよ。わたしたちの関係は、十一年前に終わってるんだから……）

先ほど見た律の顔が、いつまでも眼裏《まなうら》から離れなかった。

それを振りきるように歩いた渚は、行く手に見えてきた自宅の鍵をバッグから取り出しつつ、物憂いため息をついた。

＊＊＊

三、四歳に見える小さな男の子を抱いた渚が、足早に立ち去っていく。

それを見送った上倉律は、呆然とその場に立ち尽くした。

（俺の呼びかけに何も答えなかったけど、あれは間違いなく渚だった。でも、あの子どもは……）

もしかすると、彼女の息子だろうか。

渚は現在二十八歳のため、結婚して子どもがいても何ら不思議ではない。だが高校生のときの印象しかない律にとっては、それはひどくショックなことだった。

「お客さん、乗りますか？」

ふいに停車したままのタクシーの運転手が話しかけてきて、我に返った律は車内を覗き込んで答える。

「すみません、ここまででいいです」

料金を精算し、トランクの中に積んだ荷物を下ろしてもらう。

走り去るタクシーを見送った律は、キャリーケースを引いて歩き始めた。地元に帰ってきたのは、実に十一年ぶりだ。大学進学の際に父親と喧嘩別れの形で実家を出て、そのまま一度も帰省することはなかった。

その原因は父との確執はもちろんだが、渚のことも大きなウェイトを占めている。

（馬鹿だな、俺は。もう十一年も経つのに）

こちらに戻ってくるのを決めた際、真っ先に脳裏をよぎったのは、元交際相手である渚の存在だった。

高校三年のときに三ヵ月だけつきあった彼女は妹の仁美の親友で、昔から知っている幼馴染だ。仁美は言葉や態度に少し尖《とが》ったところがあるが、渚はいつも穏やかでニコニコしていて、二人は正反対だからこそ不思議と馬が合ったのかもしれない。

彼女が気になり始めたのは、高校二年生になってからだ。家に遊びに来た渚は律とは違う高校の制服を着ていて、それがとても可愛らしかった。

会うたびに「こんにちは」と恥ずかしそうに挨拶してくれる姿も好感度が高く、やがて律は彼女への恋心を自覚した。それでもすぐに行動しなかったのは、恋愛経験が皆無だったからだ。

中学高校とバスケ部に所属し、部内で目立つ存在だった律は女子から告白される機会が多かったものの、その気になれずにすべて断っていた。同年代の男子と一緒にいるのが楽しく、進学校で勉強が忙しかったのもその一因だが、三年生になって受験が差し迫るにつれ、少しずつ焦りがこみ上げてきた。

高校を卒業後は東京の大学に進学希望で、そうなれば地元を離れることになる。渚との接点はなくなり、ときどき挨拶するだけという浅い縁は、きっとたやすく切れてしまうだろう。

そう考えた律が意を決して彼女に告白したのは、高三の十二月だった。渚は驚いた顔をしながらも受け入れてくれ、それから始まった交際期間はとても幸せだった。

(でも……)

キャリーケースを引きながら歩く律は、足元に目を伏せる。

彼女とのつきあいはわずか三ヵ月で終わり、自分は東京に旅立った。最後まで進学に反対していた父の康弘が「大学に入学したあとにかかる金は一切出さない」と言ったため、律は学業の傍ら、アルバイトをして生活費を稼がなければならなくなった。

あれから十一年、こうして地元に戻ってくるとひどく感慨深い気持ちになる。見慣れていたはずの街並みはかつてと雰囲気が変わっているところが多々あり、何となく自分がよそ者になったような感じがした。

実家である上倉家は旭川市の中心部から車で二十分ほどのところにあり、先ほどタクシーを降りた場所からは徒歩で十分少々の距離がある。懐かしい故郷の様子を眺めながら歩いた律は、やがて立派な門構えの上倉旅館に辿《たど》り着いた。

瓦屋根がついた塀がグルリと敷地を取り囲み、その奥にある建物は純和風の風格ある佇《たたず》まいだ。だがその様子は十一年前とまったく変わりなく、むしろ老朽化が目立っていて、趣《おもむき》があるというよりはどこか寂れた印象がある。

（……俺の想像より、だいぶ古びてる。これはなかなか大変そうだな）

これまでホテルや旅館の運営に携わってきた律は、プロの目線でそう考えて小さく息をつく。

そしてキャリーケースを引き、旅館に隣接する自宅に向かった。玄関の引き戸を開けると奥から五十代とおぼしき家政婦が出てきて、「あら」と声を上げる。

「律さん、ご立派になられて……。私のことを覚えておいでですか？　家政婦の森野《もりの》です」

「ええ。お久しぶりです」

「奥さまー、律さんがお帰りになりました」

森野の呼びかけに、廊下の向こうから母親の万季子が姿を現す。

藤色の和服姿の彼女は律を見つめ、喜びと懐かしさがない交ぜになった表情でつぶやいた。

「律、帰ってきてくれたのね。あなた、本当に大人になって……」

涙ぐむ母を見た律は、これまでの不義理を申し訳なく思いながら応える。

「ただいま、母さん。長いこと帰省しなくてごめん」

夫と息子の不仲に、一番心を痛めていたのは彼女だ。

二人の間で板挟みになった万季子は、何とかその仲を取り持とうと心を砕いていた。勝手に東京の大学への進学を決めた息子に怒っていた康弘に代わり、賃貸契約などの必要書類はすべて彼女が署名してくれた。

その一方で、夫に「あんな頭ごなしの言い方をしては、誰だって反発する」「律なりの考えがあって決めた進学なのだから、親として認めてあげなくては」と説得していたらしい。

しかし康弘は、まったく聞く耳を持たなかった。自分の考えを押しつけ、子どもを意のままにコントロールしようとする父に幻滅した律は、「大学に通うあいだの生活費は全部バイトをして賄い、一切援助は受けない」と宣言して実家を出た。

そんな息子を心配し、万季子は大学に通っていた四年間、一ヵ月置きに食材や日用品を送ってこちらの生活を支えてくれた。現金を送ってきたときは「受け取れない」と言って返送したものの、それ以外はとても助かったのは事実で、律は母に深く感謝している。

万季子が微笑んで言った。

「上がってちょうだい。あなたの部屋は、昔出ていったときのままにしてあるのよ。

寝具はちゃんと洗濯したけど」

「ああ。ありがとう」

久しぶりの実家は記憶の中よりも古びており、律は時の流れを如実に感じながら自室に向かう。

母の言うとおり、室内は昔出ていったときのままになっていて、懐かしい気持ちになった。しかし掃除は行き届き、ベッドのリネンもきれいなものに替えられていて、それをありがたく思う。

こちらに戻ってくるに当たって、律は東京の住まいで使っていた家具はほとんど貸倉庫に預けた。衣類や本などの私物は先に宅配便で送っていて、その段ボール箱がいくつも積み上げられている。

万季子がやって来て、「片づけ、手伝いましょうか」と申し出てきたが、律は首を横に振って言った。

「いや、いいよ。それより父さんは？」

「旅館のほうにいるわ。今は事務仕事をしてるんじゃないかしら」

「じゃあ、ちょっと挨拶してくる」

階段を下りて自宅を出た律は、隣接する旅館の裏口から中に入る。

すると古参の仲居が「まあ、律さん」と声をかけてくるのに会釈をし、事務室に向かった。ノックすると「はい」という応えがあり、律はドアを開ける。

するとパソコンに向かっていた康弘が、驚いたように眉を上げた。

「……律」

「ただいま。さっきこっちに着いたんだ」

十一年ぶりに会った父は、記憶より格段に老けていた。

白髪が多くなり、顔にも皺が増えている。和服姿の彼はどういう表情をするべきかわからない様子で、ぎこちない口調で言った。

「少しは大人らしい雰囲気になったようだな。元気にしてたのか」

「ああ」

互いの間に、沈黙が満ちる。

康弘から電話をもらったのは、一ヵ月半前の四月の頭だ。彼の用件は「お前に頼みがある」というもので、律は思わず身構えた。

聞けば上倉旅館はこの数年で売り上げが急激に下がり、廃業の危機にあるのだという。そのきっかけになったのはOTA、すなわちオンライン上の旅行代理店を活用し始めたことにより、そのサイトの口コミでネガティブな書き込みが増えたのが一因らしい。

　それ以外にも、SNSの発達で宿泊客の生の声がダイレクトに世間に発信されるようになったため、マイナスの印象ばかりがクローズアップされてしまったようだ。

　売り上げの減少は深刻で、経費が年々経営を圧迫し、法的整理を検討せざるを得ない状況になった康弘は律に連絡してきた。

「こちらに戻ってきて、旅館を立て直すのに力を貸してくれないか」と言われたとき、真っ先にこみ上げたのは反発心だった。かつて自分の進学に反対して大人げない態度を取っていたくせに、今になって「お前は長男なのだから、戻ってくるのが当然だ」と言わんばかりに連絡を寄越すのはおかしい。

　そう思ったものの、律は昔から上倉旅館は自分が後を継ぐものだと考えており、有名ホテルグループに就職したのも経営ノウハウを学ぶためだ。予定より幾分早くなったが、会社を辞めて地元に戻るのは状況的に仕方がないことだろう。

　そう気持ちに折り合いをつけてこうして旭川に戻ってきたものの、実際に地元の土を踏むと何ともいえない気持ちになった。かつてより老朽化が目立つようになった旅館の外観、口コミサイトのネガティブな書き込み、そして康弘の老けようは時の流れを強く感じさせ、自分が呼び戻されたのは相当追い詰められてのことなのだという事実をひしひしと感じる。

彼が目を伏せて言った。

「今日はこちらに着いたばかりで、疲れているだろう。実際に経営状況のことなどを帳簿を使って説明するのは、明日でいいか？」

「ああ」

事務室をあとにした律は、廊下で小さく息をつく。

やはり十一年に亘る確執は、すぐに払拭できそうにない。まだ互いに硬い態度だが、仕事をしていく上で少しずつ距離を詰めていくしかないだろう。

自宅に戻った律は、自室で荷解《にほど》きをする。午後六時、家政婦の森野に「そろそろお夕飯のご用意ができますよ」と呼ばれた律は、一階に向かった。

すると居間でテレビを見ている妹の仁美に気づき、思わず足を止める。彼女がこちらに視線を向け、声をかけてきた。

「久しぶり。大学を卒業してもこっちに帰ってこないから、旅館を継ぐ気はないんだと思ってた」

律の一歳年下の彼女は、真っすぐな黒髪と細身の体型の持ち主で、美人と言っていい顔立ちをしている。

だがクールな性格で、発言がときに辛辣《しんらつ》であるため、敵を作りやすいタイプだ。律はさらりと答えた。

「久しぶり。お前、実家《ここ》に戻ってたんだな」

「確かに出戻りですけど、何か？　お父さんとお母さんの許可を得てるんだから、お兄ちゃんに文句言われる筋合いはないし」

「別に文句は言ってない。実家に戻ってるとは思わなかったから、そう言っただけだ」

　昔と相変わらずつんけんした態度の彼女は、三年前に結婚したものの、昨年末に離婚したのだと聞いている。

（大方この性格で、相手と上手くいかなかったんだろうな。もう少し話し方に気をつければいいのに）

　だが仁美に会えたのは、好都合だ。律は数時間前からの疑問を口にした。

「ここに来る途中で、渚に会った」

「へえ」

「小さな男の子を連れていたけど、彼女は結婚したのか？」

　すると彼女は眉を上げ、律の疑問には答えずに逆に問いかけてくる。

「渚と話さなかったの？」

「俺から話しかけたけど、挨拶をしたら何も言わずに立ち去ってしまったんだ」

それを聞いた仁美が小さく噴き出し、呆れたように言う。

「そんなの当たり前じゃん。お兄ちゃんと渚はとっくに別れてるんだから、声をかけられても気まずいだけなんじゃない？」

「…………」

「さっきの質問だけど。渚は確かに、苗字が変わったよ。今は狭山《さやま》っていうの」

皮肉っぽい言い回しで返された律は、目を伏せてつぶやく。

「……そうか」

ならばやはり渚は結婚していて、一緒にいた男の子は彼女の息子なのだろう。

そう思った瞬間、律の中にこみ上げたのは失望に似た気持ちだった。

（あれから十一年も経ったんだから、結婚していても当たり前だ。それなのに、俺は……）

これだけの時間が経ち、彼女も二十八歳になったのだから、状況が変わるのは当然のことに違いない。

そう思いつつも、律の脳裏にはかつてつきあっていた頃の渚の屈託ない笑顔や、初めて抱き合ったときの記憶がよみがえり、胸が苦しくなる。

　そんな兄を、仁美がじっと見つめていた。彼女はソファから立ち上がりながら、こちらに釘を刺してくる。

「今さら関わるのは迷惑なんだから、自分から渚に接触したりしないでよね。あの子は毎日仕事と子どもの世話で、てんてこ舞いなんだから」

「……」

「さて、ご飯食べてこようっと」

　仁美が居間を出ていき、律はその背中を見送る。

　自分が関わるのは迷惑だという彼女の言葉が、胸に突き刺さっていた。点《つ》けっ放しのテレビからは、ニュースを読むキャスターの声が響いている。

　それを聞きながら、律はしばらくその場に立ち尽くしていた。

第二章

渚の朝は早く、午前五時半にスマートフォンのアラームで起床する。

（うう、もう少し寝ていたい……。でも起きなきゃ）

己を叱咤《しった》しながら起床し、顔を洗ってメイクをする。

この時間帯は義父の誠一《せいいち》と悠は起きておらず、居間でメイクを終えたあとに洗面所で髪を整え、キッチンに向かった。

毎日作るお弁当は自分と悠の分の二つで、誠一は会社の社員食堂で食べるので作る必要がない。悠が通っている保育園は認可外のため、お弁当を持たせなくてはならないので大変だ。毎日のことなので頑張りすぎず、冷凍食品を上手く使いながら、彩りよく作るのを心掛けている。

今日のおかずは唐揚げとナポリタン、ちくわのきゅうり詰め、ミートボール、ほうれん草とチーズが入った卵焼きにした。自分の分にはしめじといんげんの炒《いた》め物も入れ、隙間にブロッコリーやミニトマトを詰めてカラフルに仕上げる。

ごはんはふりかけを混ぜ込み、おかずに可愛いピックを刺せば完成だ。その頃には誠一が起きて洗面所に入っていて、渚は引き続き朝食作りに取りかかる。

先ほど作った卵焼きの残りとしめじといんげんの炒め物、作り置きのおかずやデザートの種なし葡萄《ぶどう》などをワンプレートに盛り、小さめに握ったおにぎりと昨夜の残りの味噌汁《みそしる》を添えた。

その頃には義父が悠を起こし、パジャマから服に着替えさせてくれている。午前七時、ダイニングテーブルに座った三人は、一斉に「いただきます」をした。

悠が誤って倒さないようにお茶のグラスの位置を変えた渚は、彼に問いかける。

「悠、ヨーグルトも食べる？」

「たべる」

「あ、いいよ、渚ちゃん。僕が持ってくる」

席を立った誠一が冷蔵庫を開け、三個パックのヨーグルトを取り出して一個を悠の前に置く。そして優しい祖父の顔で彼に向かって言った。

「悠、今日は祖父ちゃんが保育園にお迎えに行くからな。晩ご飯も作るから、お手伝いしてくれるか？」

「うん。する」

保険会社の管理職をしている義父は残業が多いが、いつも渚にばかり負担がかかっているのを考慮し、週に一度は定時で上がって悠のお迎えをしてくれる。

その日は夕食も作ってくれるため、とてもありがたかった。誠一がこちらを見つめ、「そうそう」と言った。

「明日の土曜だけど、僕は上川町《かみかわちょう》にいる姉のお見舞いに行くって言ってただろう？でもさっき町内会から来たプリントを見たら、町内会のゴミ拾いがあるみたいなんだ」

「あ、大丈夫ですよ。悠を連れて、わたしが参加してきます」

「そうか。悪いね」

彼の姉は先月から入院しており、明日見舞いに行く予定でいた。そのため渚は悠を連れて公園にでも行こうと考えていたが、仕方ない。

（町内会のイベントは、出ないわけにはいかないもんね。さぼると周りの目が厳しいし）

その後は悠と一緒に自宅を出て、出勤する。

バスで二十分揺られ、街中で降りたあと、保育園に彼を預けた。そして職場まで五分ほどの距離を歩きながら、憂鬱な気持ちを押し殺す。

（昨夜は考えすぎて、全然眠れなかった。……まさかあんなところで先輩に会っちゃ

うなんて）

自宅に帰る途中で律と再会したのは、昨日の夕方の話だ。

スーツ姿の彼はすっかり大人の男性になっており、渚に「久しぶり」と声をかけてきた。それに応えず、逃げるようにあの場から立ち去ってしまったが、あれからずっと彼の面影が脳裏から離れずにいる。

（わざわざタクシーから降りて挨拶してくるなんて、どういうつもりだろう。……わたしのこと、捨てたくせに）

「東京に行っても、渚と別れる気はない」「東京に行ってもまめに連絡するし、長期の休みには必ず会えるようにする」と約束してくれた律だからこそ、渚は信用して身体を許した。

だが初めて抱き合った数日後に「ごめん」という一言だけを送り、彼はこちらのアドレスをブロックした。以来一度も帰省することはなく、約束は破棄された形だ。そんな状況で何事もなかったように話しかけられても、愛想よく返事などできない。

（でもわたしも先輩にもらったネックレスを失くしたんだから、ある意味おあいこかな。……あれから見つからないままだし）

仁美からは、昨夜電話がきた。彼女は開口一番「お兄ちゃんに会ったんだって？」

と問いかけてきて、渚は事の経緯を説明した。すると彼女が電話口で言った。

『私に会うなり「渚は結婚したのか」って聞いてきたから、「苗字は変わったよ」って答えておいた。でもすごく考え込んでて、それを見たら何だかムカついたんだよね。だって自分からあんたを捨てたくせに、今さら探りを入れてくるなんて勝手じゃん。だから釘を刺しておいた』

「何て？」

『渚に関わろうとするなって。今は育児と仕事で忙しいって説明したら、一応納得したみたい』

「……そう」

それを聞いた律はおそらく誤解しているだろうが、仁美の言うことはあながち間違っていない。

今の渚は仕事と家事、子育てでまったく余裕がない状態だ。それなのにふとした瞬間に彼のことばかり考えてしまい、昨夜から気もそぞろだった。

(仁美も釘を刺してくれたっていうし、もうきっとわたしには関わろうとはしないよね。……これでいいんだ)

自分たちはとっくに終わった関係なのだから、今さら過去を蒸し返しても仕方がない。目の前の現実に目を向け、なすべきことをこなしていくしかないだろう。

そう結論づけたものの、渚は翌日、律と思いがけない再会を果たしてしまった。

(えっ、嘘。どうして……)

土曜日の朝十時、町内会のゴミ拾いに悠を連れて参加した渚は、集まった人々の中に律の姿を見つけ、ひどく動揺した。

この町の名士である上倉家の長男を覚えている者は多く、彼はさまざまな人に話しかけられている。今日の律は白のボタンダウンシャツにセンタープレスのパンツという適度にラフな恰好《かっこう》で、手に軍手を嵌《は》め、ゴミ袋とステンレスのトングを手に持っていた。

そんな姿でもスラリとした体型や適度な胸の厚み、端整な顔立ちが引き立っていて、渚はサッと目をそらす。

(どうしよう、先輩が参加するなんて。……さっさと帰るべき?)

だが来たばかりですぐに帰っては、何かと角が立つ。

考えた末に、渚は彼と距離を取ることにした。なるべく離れたところでゴミを拾い、終わったらさりげなく姿を消す。それくらいしか律を避ける手段は考えられず、どんどん前に進もうとする悠を必死に押し留《とど》める。

「悠、見て。この雑草の隙間とかに、煙草の吸殻が落ちてるよ」

「えー、どこ？」

「ほら」

道の脇や空き地などにはさまざまなゴミが落ちているが、二十人以上の人間が参加すると大方は拾い尽くされてしまい、後ろのほうを歩く者は手持ち無沙汰になる。

だが川まで来た途端、防波堤の草地にはバーベキューをしたあとの残骸が数多く落ちていて、分別《ぶんべつ》が大変になった。それぞれが屈んでゴミを拾う中、渚もせっせと手を動かしていたものの、ふいに悠がコンクリートのところで転んでしまう。

「あっ」

慌てて抱き起こしたものの、彼は手と膝を擦り剥《む》いていて、大声で泣き出した。

渚は傷の具合を見ながら、おろおろと話しかける。

「あー、痛かったね。でも今は絆創膏《ばんそうこう》を持ってないし、帰ったら手当てしてあげるから、泣かないで」

「痛い、血がでてるー」

「うん、出てるけど、下手《へた》にハンカチで押さえたりしたら余計に黴菌《ばいきん》が入っちゃうかも」

するとそれを聞いた悠が「バイキン、やだあー」と余計に泣き出して、渚は自分の言い方がまずかったのを悟る。

(どうしよう。ゴミ拾いは中断して、とりあえず家に連れて帰ったほうがいいかな)

このままでは泣き止《や》みそうにないため、やむを得ない。

次の瞬間、後ろから「大丈夫か?」という声が聞こえ、渚は視線を向ける。するとそこには律がいて、心配そうにこちらを覗き込んでいた。

「泣き声が聞こえたから。ああ、転んじゃったんだな」

「あの……」

まさか彼に話しかけられるとは思わず、渚はひどく動揺する。

律は大きな手で悠の頭を撫で、優しい口調で言った。

「痛かったな。でもちゃんと消毒すれば、黴菌も入らないしすぐによくなるよ。うちがすぐ近くだから、手当てしに行こうか」

「えっ、ちょっ、先輩……っ」

彼がおもむろに悠を抱き上げ、渚はびっくりしてそれを引き留める。

「お気遣いいただかなくて、結構です。自分の家で手当てしますから」

「でも渚の家は、ここから歩いて十分くらいかかるだろう?　そのあいだずっと泣かれたら困るんじゃないか」

「そ、それはそうですけど……」

祖父より大きな男性に抱きかかえられた悠は、その高さが新鮮なのか泣くのを忘れて目を瞠《みは》っている。

そのまま律が歩き出してしまい、渚は急いでそのあとを追った。彼は近くにいた町内の男性役員に声をかける。

「すみません。この子が転んで怪我《けが》をしたので、うちに連れていって手当てします」

「そうか。ゴミ拾いはもうほとんど終わってるから、そのまま帰ってくれて構わないよ。お疲れさま」

上倉旅館は歩いて二分ほどのところにあり、律は悠を抱いたままそこに向かう。

渚はその後ろ姿を見ながら、戸惑いを押し殺した。

(どうしよう。こんなことになるなんて……)

まさか昨日の今日で彼がこちらに絡んでくるとは思わず、どんな顔をしていいかわからない。

しかし悠を抱きかかえられているため、黙ってあとをついていくしかなかった。律が向かったのが上倉旅館だと知った悠が、不思議そうな顔で言う。

「仁美ちゃんのおうち……？」

「そうだな」

「仁美ちゃんとおともだちなの？」

「俺は仁美ちゃんの、お兄ちゃんなんだ」

律が自宅に入ると、家政婦の森野が出てきて目を丸くして言う。

「あら、律さん。悠くんと一緒なんて、一体どうされたんですか」

「この子が転んでしまったんだ。悪いけど、救急箱をお願いできるかな」

「お待ちください」

急いで奥から救急箱を取ってきた森野だが、居間で電話が鳴って姿を消す。渚は恐縮して言った。

「先輩、手当てはわたしがやりますから」

「いや、いいよ」

「でも」

律は「ちょっと痛いぞ」と言いながら悠の傷口を消毒する。痛みに顔を歪め、みるみる目に涙を浮かべた彼だが、律がすかさず言った。

「我慢できるなんてすごいな、強いぞ」

「……ぼく、強い？」

「ああ」

褒められると悪い気はしないらしく、悠はぐっと泣くのを我慢する。

傷口の汚れを消毒液で丁寧に落としながら、律がチラリとこちらを見て言った。

「息子さんは、今いくつなんだ？」

「四歳です。わたしの息子ではないですけど」

彼が「えっ」と驚き、手を止める。渚は気まずさをおぼえながら言葉を続けた。

「義姉《あね》の子どもですから、甥《おい》なんです。一緒に暮らしていて、普段面倒を見ています」

律は不可解な表情になって沈黙したものの、悠の傷の手当てを終える。

するとそこに森野がやって来て、にこやかに言った。

「悠くん、あっちで苺《いちご》を食べない？　大きいのがたくさんあるのよ」

「いちご、たべる」

「あっ、すみません。お構いなく」

「いいえ。律さんと、積もる話もあるでしょう？　何しろ十一年ぶりですものねえ。ごゆっくり」

彼女が悠の手を引いて居間を出ていき、渚は律と二人きりになる。

するとと彼が、再び口を開いた。

「さっきあの子は義姉の子だって言ってたけど、渚は元々一人っ子だろう。それに仁美が、『苗字が変わった』って……」

どうやら仁美は、わざと律が誤解するような言い回しをしたらしい。そう思いながら、渚は種明かしをした。

「実はわたしが高校三年生のとき、母が再婚したんです。新しい父とその連れ子が家族になり、わたしの苗字は〝朝永〟から〝狭山〟に変わりました」

看護師をしていた母の典子から「再婚したい人がいる」と紹介されたのは、高校三年生になってすぐの頃だ。

保険会社勤務の狭山誠一とは、彼の入院がきっかけで知り合ったといい、とても穏やかな人物だった。先妻と四年前に離婚したという彼には理香《りか》という娘がいて、当時十九歳の彼女と四人、渚と母が暮らしていた賃貸の一軒家に同居することになった。

大学生だった理香は派手な容姿で、父親の再婚相手である典子やその子どもである渚には終始冷めた態度を取っていた。しかし自分の洗濯物を典子に洗わせたり、最初に決めた家事の当番もまったくやらず、好き放題に振る舞っていた。

大学を三年で中退した彼女は「恋人と暮らす」と言って家を出て、以来音信不通だった。いきなり姿を現したのは、去年の十二月の頭だ。数年ぶりに帰ってきた理香は幼い男の子を連れており、「この子、私の息子」と紹介した。

「義姉が連れていた悠は、汚れた服を着ていて言葉数の少ない子でした。彼女は数日滞在したあと、あの子を置いて突然いなくなってしまったんです」

どうやら理香は息子を持て余していたらしく、電話越しに「悪いけど、悠の面倒を見て」と言ってきた。

誠一が無責任な行動を叱り、「今すぐ戻ってきなさい」「お前はあの子の母親だろう」と諭したものの、彼女は電話を切ってしまい、それから一度も戻ってきていない。

渚がそう語ると、律は眉をひそめて言った。

「そんなの、あまりにも無責任だ。あの子の父親は？」

「わからないんです。義姉はそうした情報を、何も言わずに姿を消してしまったので」

「何で渚が面倒を見てるんだ？　実家にはおばさんと再婚した父さん、二人がいるんだろう」

それを聞いた渚は、やるせなく笑って答えた。

「実はうちの母は、二年前に病気で亡くなったんです。体調が悪くて病院を受診したら、癌《がん》が見つかって。あっという間でした」

母の典子が亡くなり、義父と二人で暮らすのもどうかと思った渚は、実家を出て独り暮らしを始めた。

職場に程近いところにあるアパートを借りて住んでいたが、理香が悠を置いて姿を消したことで義父からSOSがきた。

「義父は母が亡くなったあとに契約し直した家で、そのまま暮らしていました。理香さんに置いていかれた悠の面倒を一生懸命見て、仕事のときは一時保育に預けていたようなんですけど、残業になるとどうしても対応できなくて。そうした事情を聞いたわたしは、一時的にあの家に同居して悠の面倒を見るようになりました」

「……そうだったのか」

誠一は祖父として精一杯悠の世話をしており、渚をいつもねぎらってくれる。

渚の同居はあくまでも一時的なもののため、そのあいだのアパートの家賃は彼が厚意で支払ってくれていた。

日中は悠を保育園に預け、仕事が終わったあとに迎えに行って、帰ってから夕食を作ったり悠をお風呂に入れる生活は本当に多忙だ。しかし自分と義父しか彼の面倒を見る人間がいないため、日々のタスクを分担してこなしている。

渚がそう語ると、律は小さく息をついて言った。

「大変だな。渚にとっては、血の繋がらない甥なのに」

「でも悠自身は、素直でいい子なんです。義姉といるときはいつもガミガミ怒られていたのか、人前に出ると気の毒なくらいに気配を小さくしていて。ああして素直に感情を出すようになったのは、この二ヵ月くらいなんですよ」

台所に行くと、ダイニングテーブルに座った悠が練乳をかけた苺を食べていた。

渚は森野に対し、礼を述べる。

「森野さん、ありがとうございます。ところで仁美は……？」

「仁美さんは服が欲しいとかで、街中に買い物に行っていてお留守です」

「そうですか」

苺を食べ終えた悠が「ごちそうさまでした」と言い、渚はその口を拭いてやる。

そして玄関に向かうと、律が「家まで送っていこうか」と申し出てきた。

「悠くんが途中で『足が痛い』とか言い出したら、大変じゃないか？　俺なら抱っこするのも苦じゃないし」

「大丈夫です。悠、ちゃんとおうちまで自分で歩けるよね？」

渚の問いかけに、悠が「うん」と答える。彼は律を見上げ、小さな声でおずおずとお礼を言った。

「仁美ちゃんのおにいちゃん、手と膝に絆創膏をはってくれて、ありがと」

「どういたしまして」

「ここに来たら、また会える……？」

悠の問いかけが意外だったのか、律は眉を上げ、すぐに微笑んでその頭を撫でる。

「ああ。お兄ちゃんはずっとここにいることになったから、また遊びにおいで」

＊　＊　＊

渚と悠が帰っていき、律は外で二人の後ろ姿を見送る。

心には、さまざまな思いが渦巻いていた。

(渚がもう結婚していて、てっきりあの子は息子なのかと思ったら、血の繋がらない甥だなんてな。予想外だ)

町内会のゴミ拾いの際、集まった人々を見回した律は渚の姿をすぐに見つけた。

彼女は昨日見た幼い男の子を連れていて、息子と一緒に参加していたのかと思うとひどく複雑になった。

転んで怪我をした子どもの手当てのために自宅に誘ったのは、渚と話をしたかったからだ。だがそこで予想外の事情を聞いてしまい、考え込んでしまう。

彼女の母親が再婚して新しい家族ができたこと、それに伴って苗字が変わったこと、そして当の母親が死去していたことは、律の想像の範疇《はんちゅう》を超えていた。

それに加えて、義姉が置いていった甥の世話だ。出産も子育ても経験していないのに幼い子どもの面倒を見ているのだから、きっと想像を絶する大変さに違いない。だが律から見た渚は、まるで本当の母親のように悠に接しているようだった。

一方で彼女が誰とも結婚していない事実に、律はホッとしていた。だがふと恋人がいる可能性に気づき、胸がシクリと痛む。

(そうだよな。これだけ時間が経ったんだから、他につきあっている相手がいても不思議じゃない。渚はあれだけ可愛いし)

そんなふうに考えた律は、自分がまだ彼女に未練を持っていることに気づき、苦笑いする。

十一年前に渚との別れを選択したあと、律は彼女を吹っ切るために自分に告白してきた大学の同級生とつきあった。しかしふとした言動や容姿などを渚と比べてしまい、それが原因でわずか一ヵ月で破局した。

就職してから交際した相手とはそれぞれ一年ほど続いたものの、仕事を優先しすぎて別れを告げられ、律は「自分は恋愛向きではないのだ」と考えていた。

（この四年ほどは彼女がいなかったし、別にそれで構わないと思ってた。でも、今は……）

再会した渚に、思いのほか気持ちを揺さぶられている。

彼女の現状が気になり、何とか関わりを持ちたいと考えている自分がいて、それにひどく戸惑っていた。

ため息をついた律は、玄関に置きっ放しだったゴミ袋とトング、軍手を片づけ、旅館に向かう。今日町内会のゴミ拾いに参加したのは、父の指示だ。地元住民との繋がりを大事にしている彼は、「お前は十一年ぶりに帰ってきたのだから、近所の人たちに挨拶したほうがいい」と言っていて、町内会の催しはそれに打ってつけだと考えたらしい。

裏の従業員通用口から入った律は、事務室を目指す。すると廊下の向こうから歩いてきた康弘とちょうど行き合い、こちらに気づいた彼が問いかけてきた。

「何だ、ゴミ拾いはもう終わったのか」

「ああ」

「じゃあ財務の説明をするから、私の部屋に来てくれ」

父に誘われ、律は支配人室に入る。そして彼に向き直り、淡々と告げた。

「俺は大学を卒業後に間宮ホテルグループに就職して八年、マネジメント部門でグループ傘下のホテルのコンサルティングを担当していた。ホテルや旅館運営に関しての専門知識を持っている」

「…………」

「ここには旅館を継ぐ意思で戻ってきたから、自分の知識やノウハウを基に忌憚《きたん》ない意見を述べさせてもらうつもりだ。つまり何が言いたいかというと、自分が社長だからとか、俺が息子だからとかいう理由でこちらの意見を押さえつけないでほしい。心掛けてくれるか」

一度電話でも同じ話をしていたものの、念を押す意味で改めて告げると、康弘は頷く。

「ああ、わかった」

互いの意思確認をしたところで、この十年間の帳簿を見せてもらう。内容にざっと目を通した律は、眉をひそめた。

(……ひどいな)

上倉旅館は歴史ある高級旅館だけあって、週末は必ず満室になっている。

だがこの十年は毎月赤字で、銀行からの借り入れが約八億円あり、半年後には資金がショートする計算だ。赤字の原因に関してはもっと内容を掘り下げなければならないが、人件費が大きなウェイトを占めているのがわかった。

(旅館の規模に対して、働いている人が多すぎる。運営していく上で本当にこれだけの人数が必要なのか、調べなければならないな)

顔を上げた律は、康弘に向かって言った。

「明日から旅館の営業に立ち会って、オペレーションを確認したい。今の人員が本当に適切なのかとか、建物の老朽化の具合も自分の目で見たいんだ。いいか？」

「人員というが、今いる従業員は長く勤めている者ばかりだ。まさかそれを削るっていうのか」

「このままだと、半年後には運転資金が枯渇する。それは以前から公認会計士にも指摘されてるんじゃないか」

するとと図星だったのか、彼がぐっと言葉に詰まる。律は冷静に言葉を続けた。

「何もやみくもに辞めさせようっていうんじゃない。赤字を改善していく上で、削れるところは削らなくてはならないという話だ。まずは情報収集から始めるから」

「……わかった」

＊　＊　＊

学習塾の事務は、一般的な事務職に比べて多忙だ。

教室運営のサポートから始まり、細かい事務作業も多い。電話での応対、授業で使う資料の準備や教室の片づけなどをする傍ら、成績の入力もこなさなくてはならないため、仕事に切れ目はなかった。

教室内で掲示物を新しいものに貼り換えながら、渚は物思いに沈む。数日前、町内会のゴミ拾いで律と話す機会があったが、彼は悠を渚の子どもだと思い込んでいた。苗字が変わった経緯や悠を引き取った事情を話すとひどく同情されたが、それ以上に渚は律がどういう気持ちで自分と話しているのかが気になっていた。

（あのとき「ごめん」の一言でわたしのことを捨てたくせに、先輩はまるでそんな過去なんかなかったみたいに普通に振る舞ってる。こだわってるわたしがおかしいの？それとも、あれが大人の対応なの……？）

幼い子どもに対する彼の態度は優しく、悠は帰り道で「仁美ちゃんのおにいちゃん、すごく背が大きかったね」と目をキラキラさせて話していた。

律は上倉旅館を継ぐつもりで帰ってきたというから、この先も顔を合わせる機会は多いだろう。だが渚の中ではまったく割りきれておらず、鬱々とした気持ちが募る。

（でも、わたしから関わらなきゃいいだけの話だよね。仁美と会うときはうちに来てもらえばいいんだし）

それから数日は、何事もなく過ぎた。

木曜の夕方、仕事が終わったあとに悠を迎えに行った渚は、彼に「本屋にいきたい」と言われて困惑する。

「えー、また？」

「だってこのあいだのドリル、もう終わりそうなんだもん」

彼が欲しがっているのは、算数のドリルだ。わずか四歳にもかかわらず、悠は数字に並々ならぬ興味があり、簡単な足し算を教えると瞬く間に仕組みを理解した。

試しにドリルを買って与えたら、家にいるときは一人でせっせと取り組んでいる。

今はもう二冊目が終わるところで、渚は考え込んだ。

(知識欲があるのはいいことだけど、こうしてドリルを頻繁に買い与えるのは結構お金がかかるな。ネットで問題を探してプリントしたほうが安上がりかも)

とはいえ今日は彼のリクエストどおり、駅前の本屋に向かう。

そしてあれこれとドリルを吟味していると、ふいに悠が「あ」と顔を上げた。

「仁美ちゃんの、おにいちゃんだ」

「えっ」

びっくりして立ち上がった渚は、そこに律の姿を見つける。

彼のほうも、驚いた顔をしてこちらを見ていた。ノーネクタイでジャケットを羽織り、適度にカジュアルな恰好の律が渚に問いかけてくる。

「こんなところで会うなんて、奇遇だな」

「そ、そうですね」

彼は恥ずかしそうにモジモジしている悠に視線を向け、微笑んで言った。

「怪我の具合はどうだ？　絆創膏は取れたか」

「うん。もういたくないよ」

「そうか。よかった」

悠は恥ずかしそうにしながら、自分が見ていたドリルを「あのね、これ」と言って差し出す。すると律が、興味深そうにつぶやいた。

「小学生向けのドリルか。四歳には難しいんじゃないか？」

「ぼく、わかるよ。あのね、数字をみていっぱい計算するの」

悠が勢い込んで説明し、渚はそれを補足する。

「悠は算数が得意で、小学生レベルの問題をスラスラ解くんです。最近は三桁の計算もわかるようになってきて、今日は新しいドリルを見に」

「へえ、すごいな」

渚はドリルを手に「じゃあ」と告げ、会計を済ませて店から立ち去ろうとしたものの、律が思いがけないことを提案してくる。

「俺は車で来てるから、送るよ。途中で近所の公園で降りて、少し話さないか？」

「えっ」

するとそれを耳聡く聞きつけた悠が、パッと目を輝かせる。

「公園、いきたい！」

「で、でも、わたしは夕飯の支度が……」

何とか断ろうとするものの、律は食い下がってくる。

「ここからバスに乗って帰ると時間がかかるけど、車ならあっという間だ。少しくらい悠くんを遊ばせてもいいだろう」

「…………」

「じゃあ、行こうか」

律の言うとおり、バスで帰ると帰宅するまで時間がかかるものの、車だとあっという間だ。

旭川市の街中は高層ビルが多くにぎわっているが、少し走るだけで緑豊かな公園がいくつもある。車を走らせること約十分、彼が向かったのは自宅に程近い遊具が充実した公園だった。

車を降りて園内に入ると、早速悠がブランコに乗り始める。その背中を押してやりながら、律がこちらを見て言った。

「渚の職場は、街中なのか？」

「はい」

「何の仕事をしてるんだ？」

「学習塾の事務です。受付をしたり、データ入力をしたり、講師に頼まれた資料を揃《そろ》えたり」

彼の質問に答えながら、渚は彼がかつてつきあっていたときのように自分を呼び捨てにするのが気になっていた。

あんな別れ方をして以来、十一年も顔を合わせていなかったのだから、それなりの礼節を持って接するべきだ。そう思い、勇気を出して「あの」と切り出す。

「わたしのこと、その……名前で呼ぶのをやめてもらえませんか」

「どうして」

「わたしたち、もうつきあってないので」

すると律がこちらをじっと見つめてきて、渚はドクドクと鳴る心臓の音を意識する。

本当はこんなふうに踏み込んだ話は、したくない。彼に捨てられたときに味わった痛みがまざまざとよみがえり、それを直視したくない気持ちでいっぱいだった。

そんな渚から目をそらし、悠の背中をスピードが出すぎない程度の力で押してやりながら、彼が口を開いた。

「そうだな。……確かに俺たちは、十一年前に別れてるよな」

「…………」

「このあいだ話を聞いて、いろいろ考えた。俺が知らないあいだに渚にはいろんなことがあって、今こうして甥っ子の面倒を一生懸命見てる。それくらい長い時間が経ってしまったんだって」

ブランコを押してもらっている悠は、ご機嫌だ。「もっと押して」とせがまれ、若干背中を押す力を強めながら、律が言葉を続けた。

「でも、忘れたことはなかった。東京に行って大学生活が始まって、俺はアルバイトと勉強を両立させるのに必死だった。そんな中でも、渚のことはずっと心に引っかかってた」

それを聞いた瞬間、渚の頭にかあっと血が上る。

彼の言い分は、勝手だ。自分からこちらを捨てたくせに「忘れたことはなかった」と発言するなど、過去を美化しているのに腹が立つ。気がつけば渚は、感情に任せて口を開いていた。

「何、勝手なこと言ってるんですか。……先輩のほうからわたしを捨てたくせに」

ふつふつと胸に渦巻くのは、怒りだ。

かつて無理やり心の奥底に閉じ込めたものが、律の発言を受けて呼び覚まされようとしている。渚は激しい口調で言った。

「あのときたった一通のメールで終わりにされて、わたしがどれほど傷ついたか。それから十一年間、ずっと連絡ひとつなかったのに、どうして今さらそんなことを言うんですか」

初めて彼と抱き合ったとき、本当は少し怖い気持ちがあった。

未知の行為に対する不安、そして東京に行ってしまう律とこの先もつきあっていけるのかという思いで心が揺れながらも、彼の「俺は東京に行っても、渚と別れる気はない」「東京に行ってもまめに連絡するし、長期の休みには必ず会えるようにする」という言葉を信じて身を任せた。

だがそのわずか数日後、律はたった一言のメールですべてを終わらせて東京に旅立ってしまった。あのとき感じた絶望ややるせなさがよみがえり、眦《まなじり》をきつくして彼を見つめると、律はどこか不可解そうな表情で言う。

「俺はあのとき渚が嫌だったんだと思って、それで──」

だが彼は途中で言葉を途切れさせ、押し黙る。

するとブランコに乗っていた悠が渚と律を交互に見つめ、不安そうにつぶやいた。

「なーちゃんとおにいちゃん、ケンカしてるの……？」

ふと我に返った渚は、急いで表情を取り繕って答えた。

「ち、違うよ。悠、あっちにジャングルジムがあるから行こうか」

「うん」

悠の手を引いてジャングルジムに向かい、覚束《おぼつか》ない手つきでよじ登る彼の背を支えながら、渚は千々に乱れる心を持て余す。

悠の前で感情的に彼を責めるなど、保護者失格だ。律とは関わらないでおこうと心に決めていたはずなのに、気がつけば車に乗せてもらうことになり、こうして公園まで来て口論している。そんな自分に、忸怩《じくじ》たる思いがこみ上げていた。

(今さら先輩と話しても、どうにもならない。あのときのことを責めたって、過去が変わるわけじゃないんだもの。……もう帰ろう)

そんなふうに考える渚の背後から、律が歩み寄ってくる。

彼が「さっきの話だけど」と口を開き、渚は振り返ってその言葉を遮った。

「すみません。お話はもう……」

「――渚、俺とやり直さないか?」

突然告げられた内容に虚《きょ》を衝《つ》かれ、渚は呆然と律を見つめる。

いきなりそんな発言をする彼の真意が、まったくわからなかった。だが渚の動揺をよそに、律が話を続ける。

「東京に行ってから、俺はずっと後悔してた。どうしてあのとき渚とちゃんと向き合わなかったのか、一方的に背を向ける形で全部断ち切ったのかって……。今さら何を言っても言い訳にしかならないし、俺が卑怯《ひきょう》だった事実も変わらない。でも、再会してから渚のことが頭から離れないんだ。昔つきあってた頃みたいに」

「な、何言ってるんですか……」

渚はひどく混乱していた。

かつて一方的に関係を断ち切られたことは、強い痛みとして心の中に残っている。

だが久しぶりに律に会うと、端正な容姿やこちらを真っすぐに見つめる眼差しに気持ちを乱され、これ以上ないほど彼を意識してしまっている自分がいた。

（でも……）

一度自分を捨てた人間を、おいそれと信用はできない。そんな単純な女だと思われているのかと考えると、じわじわと怒りがこみ上げた。

ぐっと唇を引き結んだ渚は正面から律を見つめると、精一杯毅然《きぜん》として言った。

「――お断りします。わたしたちは、もうとっくに終わってるんですから」

「……………」

「失礼します」

渚はジャングルジムの途中までよじ登っていた悠を背中から抱きかかえ、「もう帰るよ」と声をかける。

「ぼく、もうちょっと遊びたい」

「おうちに帰って、ご飯作らなきゃいけないから。いつもこの時間は外遊びしてないでしょ？」

「……うん」

彼を地面に下ろし、手を繋いで歩き出すと、律が声をかけてくる。

「車で送っていくよ」

「いえ。歩いて帰れる距離ですから、どうぞお構いなく」

自宅に向かって歩き出しながら、渚はかすかに顔を歪めた。

東京からこちらに戻ってきた彼は、たまたま再会した渚に興味を持ったのだろうか。

かつての交際相手なら、手慰みに遊ぶにはちょうどいい——そんなふうに考えているのかと思うと、惨めさと怒りがない交ぜになった感情がふつふつとこみ上げる。

(何か腹立ってきた。ちょっと恰好よくなったからって、調子に乗ってるんじゃない？　先輩はあの容姿で有名企業に勤めていたんだから、きっと今まで何人もの女の人とつきあってたに決まってる)

ならば律の復縁要請は、きっぱり撥《は》ねつけるべきだ。そんなふうに考えた瞬間、悠がこちらを見上げて心配そうに言った。

「なーちゃん、何か怒ってる……？」

彼は母親である理香と暮らしていたときに常に彼女の機嫌を窺《うかが》っていたのか、人の感情に敏感だ。渚は意図して笑顔を作り、明るく言った。

「ううん、全然。お腹《なか》が空《す》いてるから、ちょっと怖い顔になっちゃってたかも。今日の晩ご飯はね、グラタンだよ」

「そうなの？　ぼく、グラタン好き」

「それとブロッコリーと茹《ゆ》で卵のサラダ、ウインナーが入ったポトフ。あとはガーリックトースト」

「おいしそう」

優に心配をかけないようにあえて明るく振る舞いながらも、渚は「これからは律との接触を極力避け、フェードアウトを狙おう」と考える。

しかし決意してからわずか二日後、彼が自宅にやって来た。

「悠くんに、算数のドリルを持ってきたんだ。計算が好きって言ってただろ」

仕事を終えて帰宅した午後六時、突然アポなしで訪れてきた律に微笑んでそう言われ、渚は驚きに言葉を失くす。今日の彼はスーツ姿で、しっかりした肩幅やスラリとした体型が際立っていた。渚は面食らいながら答える。

「あの、困ります。いただく理由がありませんし」

「子どもの知的好奇心を伸ばしてあげたいと思うのは、おかしなことかな。それに俺と悠くんは、まったく知らない仲じゃないし」

一昨日公園で律から復縁を持ちかけられたとき、渚はきっぱり断ったつもりでいた。

それなのにこうして会いにくる彼の神経がわからず、再び口を開きかけた瞬間、背後から「仁美ちゃんのおにいちゃん」という悠の声が響く。

「おにいちゃん、うちに遊びにきてくれたの？」

「ああ。悠くんに、算数のドリルを持ってきたんだ。計算が好きだって言ってただろ」

「ほんと？」

律が本屋の包みを手渡したところ、彼は中身を取り出して歓声を上げる。

それを横目に、渚はサンダルを突っかけると律と一緒に外に出て後ろ手にドアを閉めた。そしてひそめた声で抗議する。

「一体どういうつもりなんですか。勝手に悠に何か与えられるの、迷惑なんですけど」

「それは悪かった。でも俺は、一昨日《おととい》の話に納得してないから」

「えっ」

「『やり直したい』って言ったとき、渚はこっちの話を聞かずに断ってきただろ。あのまま終わりにされるのは、納得がいかない」

思いがけないことを言われた渚は、思わず口をつぐむ。彼が真剣な表情で言った。

「俺は渚をからかうつもりで、復縁を持ちかけたわけじゃない。至って本気だ」

「でも、わたしたちは――」

「一度終わったけど、それはそれだ。渚がつきあいたいと思えるかどうか、これからの俺を見て判断してくれないか」

「えっ？」

「そういう期間を設けてほしいんだ。差し当たっては明日の日曜、どこかに出掛けよう」

ぐいぐいと切り込んでくる律の勢いに圧《お》されながら、渚は「ま、待ってください」と口を挟む。

「いきなりそんなふうに言われても、困ります。わたしは今、家のことで手一杯ですし」

「もちろん悠くんを最優先するのは当たり前だし、一緒に連れてきてくれて構わない。明日の朝十時、駅前で待ってるから」

「そんな……」

「じゃあ、仕事に戻る」

どうやら彼は仕事の休憩時間に抜けてきていたらしく、車に乗って去っていく。

それを見送った渚は、呆然と玄関前に立ち尽くした。

(明日の朝十時って、本気? あんな一方的に決めるなんて)

かつての律には感じたことがないほどの強引さに、渚の中で反発心がこみ上げる。

彼はこちらの言い分にまったく聞く耳を持たずに会うのを決めてしまったが、もし用事があったらどうするのだろう。

(そうだよ、別に行く必要なんてない。だって向こうが勝手に言ってるだけだし、わたしは関わる気はないんだから)

そう思いながら自宅に入ると、悠が「おにいちゃんは?」と聞いてくる。

「お仕事に戻ったみたい。休憩時間に抜けてきたようだから」

「まだおしごとしてるなんて、大変だね」

確かに旅館は二十四時間営業のため、大変だ。

そんな中でこちらの家までやって来たのだと思うと、渚の胸がシクリと疼《うず》く。車でわずか数分の距離とはいえ、わざわざ時間を割いて悠のためにドリルを届けてくれたのはありがたいことで、ろくにお礼を言えていない自分に後悔の念がこみ上げた。

（どうしよう、改めてお礼を言うべきかな。でも明日待ち合わせ場所にのこのこ行くのは、何だか嫌だ）

こんなふうに躊躇うのは、渚にまったく恋愛スキルがないからかもしれない。

高校二年のときに律と別れて以降、渚はすっかり自信を失ってしまった。あんなふうにやり捨てられる自分には、女性として魅力がないのではないか。そんな思いにかられ、あれから数人の男性に交際を申し込まれてもその気になれずに断っていた。

そうこうするうちに二十八歳になり、結婚は半ば諦めていたのが現状だ。元より甥の面倒を見ている今は時間の余裕がなく、恋愛などできそうにない。

（それなのに……）

恋愛から遠ざかる原因となった律が再び現れ、心を乱されている。

彼の端正な姿や言動のいちいちに動揺する自分は、ひどく無様だ。いっそ無関心を貫き、何を言われても毅然として対応すればいいのに、それができていない。

（馬鹿みたい。先輩はわたしをあっさり切り捨てられる人だって、わかってるのに）

悠はもらったドリルを早速広げ、わくわくした顔で問題を解こうとしている。

台所に向かった渚は夕食の支度の続きに取りかかりながら、今後自分がどのように振る舞うべきか考え、重いため息をついた。

第三章

敷地面積一四〇〇坪を誇る上倉旅館は、本館と新館で二十二の客室があり、日本庭園や中庭が愉しめる。玄関周辺は檜《ひのき》で造られており、老舗旅館らしい重厚な佇まいだが、今はどちらかといえば老朽化が目立つのが残念だ。

東京から実家に戻って約三週間、律は経営上の問題を炙《あぶ》り出すべく連日帳簿を確認する傍ら、自ら旅館に赴いて従業員の働きぶりを観察していた。実際に旅館の業務を見てまず思ったのは、人員の多さだ。受付や仲居、掃除担当、入口出迎え、調理場など、いたるところに過剰に人が配置されている。

客室が二十二という規模を考えれば多すぎる人数で、その理由は一人一人の作業が細切れで分担しすぎだからだ。本館と新館にはそれぞれ仲居が配置されているが、双方はどちらかが忙しいからといって協力する気配はない。自分の担当外の仕事はしないというスタンスで、非常に効率が悪かった。

（スタッフ間で情報の共有ができていないのが原因で仕事が遅いし、その分客からのクレームに繋がってる。自分の担当以外のことをしようという気がないから、掃除も

サービスも行き届かないところが増えてるんだろうな)

それで一泊二万円も取っているのだから、客の不満が大きいのも頷ける。

スタッフは長く勤務している者が多く、アットホームな社風といえば聞こえがいいものの、実際は馴れ合いで気が緩んでいる状態だ。この十日間ほどスタッフの勤務状態を観察した律は、気がついたことをすべてデータとしてまとめた。そして土曜日の夜、自宅の書斎で父の康弘と話をする。

「この旅館の規模や毎日の予約状況、スタッフのオペレーションをしばらく観察させてもらったが、とにかく人員が多すぎる。思いきったリストラをしなければ、利益率は上がらないだろう」

すると彼は渋面になり、ムッとした表情で言った。

「前にも言ったが、うちの従業員たちは長く勤めてくれている者ばかりだ。それを切り捨てるのは――」

「旅館経営は、慈善事業じゃない。実際に八億円の負債があり、このままでは半年後に運転資金がなくなって廃業しなければならなくなるんだ。そのときには従業員どころか、うちの家族の生活すら危うくなるのに、そんな悠長なことを言っている場合か」

康弘が厳しい表情で口をつぐみ、しばらく沈黙する。

やがて彼は、唸《うな》るような口調で言った。

「一体どのくらいの人数を、リストラしろと言うんだ」

「約三分の一だ」

「そこまで減らしては、業務が立ち行かなくなる」

「俺に提案がある。――当面のあいだ、新館を閉鎖するのはどうだろう」

それを聞いた康弘は目を見開き、すぐに猛反論してくる。

「馬鹿な。新館は五年前、かなりの金をかけて新築したものだぞ。今は旅館の売りにしているくらいなのに、それを閉鎖するなど」

「老朽化した本館をリノベーションせずに新館を建てるのは、順序が逆だと言わざるを得ない。新館の閉鎖は長期間ではなく、いずれ準備が整い次第開けようと考えている。今、最優先で取り組まなければならないのは借金の返済と利益率のアップで、そのために稼働を絞りたいんだ。そしてスタッフの質と、旅館のホスピタリティを上げる」

これまで間宮ホテルグループで一流のサービスを目の当たりにしてきた律からすれば、上倉旅館の従業員の質はかなり低い。

なまじ高級老舗旅館として名が売れているせいか、そこに勤務する者としてプライドばかりが高く、そのくせ馴れ合いが表に出ていて私語が多いのだ。ならばここは心を鬼にしてリストラを敢行し、残った者たちの意識を変える。そして客に満足してもらえるようなサービスを提供できるようにしようというのが、律の考えたプランだった。

タブレットを開いた律は、レジュメを父に見せながら説明する。

「ざっくりと決めた方針は、こうだ。まずは新館を閉鎖し、本館に業務を集中させた上でスタッフの役割分担をなくす」

「なくすとは？」

「本館と新館の区別なく、スタッフを統一するんだ。仲居と掃除担当の垣根もなくし、全員で接客や掃除をして、気がついた者がどんどん目の前の仕事をこなすようにする」

スタッフの意識を上げるために律が提案したのは、各部署にモニターを設置して宿泊状況を可視化することだ。

今日の予約状況はどうなっているのか、現在どのくらいのゲストが館内にいるのかを把握することで、動き方が変わる。勤務中の従業員は常にインカムをつけ、チェックインの状況や客から受けた要望、現在提供している料理の内容までをリアルタイムで共有する。

そうすればスタッフが自ら考えて率先して行動に移せるようになるはずだと説明すると、康弘は頭を抱えて唸るように言う。

「いきなりそんなことを言われても、今までのやり方に慣れた者たちがすぐに新しい方向にシフトするのは難しい。そもそもうちは、昔ながらの接客で……」

「もうそれでは、通用しない。旧態然としたやり方を捨てて利益率を高めていかないと、八億円もの借金はとても返せないはずだ」

律の言葉を聞いた彼は、険しい表情で沈黙する。

そしてタブレットの画面を食い入るように見つめ、小さく言った。

「……少し時間が欲しい。お前の提案を精査したいから、私のパソコンにこれを送ってくれるか」

「まだ草案の段階で、これから修正しなければならない部分も多々あるが、それでもいいか？」

「ああ」

書斎を出た律は、廊下でため息をつく。

社長である父にはスピーディーな決断を求めたいが、長いこと同じやり方で経営してきたのだから、すぐに考えを変えるのは難しいだろう。

（担当の公認会計士も交えて、今後のプランを詰めたほうがいいな。アポを取っておくか）

自室に戻った律はスマートフォンを取り出し、あらかじめ登録してあった番号に電話をかける。

そして公認会計士と会う約束を打ち合わせ、電話を切った。時刻は午後十時で、旅館の再生計画の続きを作成するため、ノートパソコンを開く。

そうしながらも、ふと数時間前の出来事が脳裏によみがえった。今日の夕方、仕事の休憩時間に律が車で向かったのは、渚の自宅だった。表向きの用件は悠に算数のドリルを届けるというものだったが、実際は渚と話すのが目的だ。

昨日、律は街中で偶然会った彼女に「俺とやり直さないか」と持ちかけたものの、それを聞いた渚は唖然《あぜん》とし、次いで猛烈に抗議してきた。彼女の言い分は「先輩のほうからわたしを捨てたくせに」「あのときたった一通のメールで終わりにされて、わたしがどれほど傷ついたか」というもので、確かに一理ある。

だがあのときの別れに関しては、律なりの理由があった。

(渚は俺に抱かれたことを、後悔してるんだと思ってた。事後は言葉少なで俺のほうを見ようとしなかったし、翌日もまったく連絡がなかった。それに……)

そもそも東京に進学する自分は、彼女と遠距離恋愛になると決まっていた。

しかも当時の律は父親との仲が拗れ、大学に入学後の生活費を自分で稼ぐことになっていて、精神的にまったく余裕がなかった。「大学は道内の学校にしろ」という康弘とは受験前から対立しており、実際に東京の学校に合格したあと、律は彼に頭を下げるのが嫌で祖父から相続した遺産で入学金を支払った。

それが彼の逆鱗に触れ、「東京のアパートの保証人にはならない」と言われたとき、堪忍袋の緒がプツリと切れた。そこまで自分の進路に文句を言うのなら、親からの経済的な援助は一切受けない。学費は翌年から奨学金を借り、生活費は自分でアルバイトをして稼ぐ――そう宣言し、予定より早く実家を出た。

飛行機に乗る直前、渚に「ごめん」というメールを送ったのは、それ以上何も言えなかったからだ。あの父が己の振る舞いを悔いて頭を下げてこないかぎり、自分は旭川には帰らない。いつか実家の旅館を継ぐときがくるかもしれないが、それはおそらくずっと先の話で、そんな自分が渚と交際を続けるのは現実的ではなかった。

あれから十一年、父の「戻ってきてほしい」という説得に応じて旭川に帰ってきたが、真っ先に考えたのは渚のことだった。

二十八歳になったはずの彼女は、一体何をしているのだろう。もう実家にはいないのか、あるいは結婚したのか。これまで意地のように仁美に渚の近況を聞かずにいた律は、実家に向かうタクシーの中から幼い男の子を連れている彼女の姿を見つけ、衝撃を受けた。

二人はどう見ても親子で、男の子の横にしゃがみ込む渚は優しい顔をしていたが、のちに甥っ子なのだと聞いて安堵《あんど》した。そして自分がまだ彼女に強い未練を抱いているのを強く自覚し、今に至る。

(「渚がつきあいたいと思えるかどうか、これからの俺を見て判断してくれないか」って言ったとき、びっくりした顔をしてた。明日の朝十時、俺は駅前で待つつもりだけど、はたして彼女は来てくれるかな)

渚は甥の面倒を見るので手一杯だと語っていたが、未婚で姉の子どもを育てるのは大変なはずだ。そんな彼女を、わずかながらでも手助けしたい。自分が悠と遊ぶことで渚が少しでも休めるなら、積極的に関わりを持ちたいと律は考えていた。

その日は日付が変わるくらいまで自室で旅館の再生計画を練り、翌朝は七時に起床した。こちらに戻ってきてからは一日八時間労働、週に二回の休みをもらい、生活にめりはりをつけるようにしている。

朝十時、律は車を運転して駅前に向かった。本当は渚の自宅まで迎えに行ってもよかったが、あえて待ち合わせという形にしたのは彼女に逃げる余地を与えたかったからだ。

渚と新たな関係を築きたいと考えているものの、追い詰めたいわけではない。もし彼女が待ち合わせ場所に現れなければ、別の形でアプローチする。そうして地道に距離を詰めていこうと、律は心に決めていた。

土曜日の駅前は、行き交う人が多くにぎわっていた。ハザードランプを点灯させて停車し、律は往来を注意深く見回す。数分ならば車を停めていても問題ないだろうが、しばらく待って来なければ一旦この場から移動しなくてはならない。

そうしてしばらく待っていると、人混みの隙間に見知った顔を見つけ、律は眉を上げる。それは悠の手を引いて歩いている渚の姿で、急いで運転席から降りると、近づいてきた彼女を見下ろして言った。

「来てくれたんだな」

「昨日、悠にドリルを買ってくれたお礼をちゃんと言えてなかったので。悠本人が『おにいちゃんにありがとうって言いたい』って言って、きかなかったんです」

渚にそっと背中を押され、「ほら」と促された悠が律を見上げ、頬を紅潮させながらもじもじと言う。

「おにいちゃん、昨日はドリルありがと。ぼくね、もう二ページやったの」

彼は少し人見知りするのか、どこかおどおどとしていて声も小さい。

しかし一生懸命に言っているのが伝わってきて、律は小さな頭を撫でて答えた。

「どういたしまして。もう二ページもやったのか、すごいな」

褒められた悠がうれしそうに目を輝かせ、それを見た律は微笑ましさをおぼえる。

（この年齢の子どもと触れ合うのは初めてだけど、話し方やしぐさが可愛いな。ちょっとしたことで目をキラキラさせて）

そんな二人の傍らで、渚が「あの」と言う。

「今日はお礼を言いたかっただけなので、これで失礼します。じゃあ」

ペコリと頭を下げた彼女が悠の手を引いて踵《きびす》を返そうとし、律はそれを呼び止めた。

「待ってくれ。せっかく来たんだから、これから動物園に行かないか？」

「いえ。お断りします」

渚は頑《かたく》なな表情でそう答えるものの、話を聞いていた悠がこちらを見上げて言う。

「ぼく、行きたい。動物園に、ぞうさんいる？」

「象さんはいないけど、ライオンやキリン、ペンギンとか、いろいろいるみたいだぞ」

律の言葉を聞いた悠が、期待に目を輝かせる。すると渚が、慌てた口調で言った。

「悠、どこかに行きたいなら、このあとわたしが連れていくから。お兄ちゃんに迷惑でしょ」

制止しようとする彼女に対し、悠が無邪気な顔で問いかける。

「おにいちゃんと一緒じゃだめ？　やっぱりなーちゃんとおにいちゃん、ケンカしてるの？」

「そ、そんなことないけど……」

動物園は市街地から車で、三十分ほどの距離だ。言いよどむ渚に、律は笑って提案する。

「俺は全然迷惑じゃないから、行こう。車に乗ってくれ」

「でも――」

「あんまりここに駐車しておけないんだ。ほら、早く」

＊　＊　＊

夜の居酒屋はガヤガヤと騒がしく、客の笑い声や雑多な匂いで満ちている。

そんな中、向かいの席に座った仁美が、ビールの中ジョッキを手に目を丸くして言った。

「えー、それで動物園に行ったの？　三人で？」

「うん」

「お兄ちゃん、そんなこと私に全然言ってなかったんだけど。というより、渚に接触してたこと自体が初耳だよ」

律に算数のドリルのお礼を言うために待ち合わせ場所に向かい、そのまま悠と三人で動物園に行ったのは、今日の昼間の話だ。

待ち合わせは彼に一方的に告げられたため、律が帰ったあと渚の心には反発心がこみ上げた。しかし彼が悠のためにわざわざドリルを届けてくれたのは事実で、ろくにお礼を言えていない。

それが気になった渚は午前十時に駅前に行き、そこで待っていた律にお礼を言ってすぐに帰ろうとした。しかし動物園に誘われ、なし崩しに三人で行くことになってしまったが、初めて訪れた悠は思いのほか楽しんでいた。

律はそんな彼に辛抱強くつきあい、ときに抱っこや肩車をして動物を見せてくれていて、渚は複雑な気持ちになった。しかも「俺のことは、〝仁美ちゃんのおにいちゃん〟じゃなく、律くんと呼んでくれ」「その代わり、俺も〝悠〟って呼んでいいか？」と提案し、すっかり打ち解けてしまった。

（いつも人見知りをして内気な悠が、先輩に懐くなんて。昔から眉間に皺を寄せてて、どちらかというと小さい子に怖がられそうな雰囲気の持ち主だから、あんなに面倒見がいいのがすごく意外）

悠は興奮して疲れたのか、帰宅して夕食を食べたあとにすぐ寝てしまった。渚は彼を義父の誠一に任せ、近所の居酒屋まで来て今に至る。

仁美が焼いた厚揚げに大根おろしを載せたものを頬張り、嚥下して言った。

「こっちに帰ってきたとき、お兄ちゃんが渚が結婚したかどうかを気にしてたから、私、釘を刺したんだよ。『今さら関わるのは迷惑なんだから、自分から渚に接触したりしないで』って。だって毎日仕事と悠の世話に追われてるんだもん、そんな余裕ないでしょ」

「……うん」

「それとも、お兄ちゃんにアプローチされてうれしかった？」

探るような眼差しで問いかけられた渚は、慌てて首を横に振る。

「全然。わたしにはそんな気はないし」

——本当は、嘘だ。これまで律とは数回顔を合わせてきたが、そのたびに彼を強烈に意識していた。ときに強引な部分を見せられ、反発心も抱いたものの、気がつけば律の一挙一動にドキドキしている。

（でも……）

いまいち踏みきれないのは、彼の本気度がわからないからだ。

初めて抱き合った数日後に「ごめん」の一言で捨てられた過去が、渚はどうしても忘れられない。そんな仕打ちをした律に「やり直さないか」と言われても、信じられない気持ちでいっぱいだった。

本当は、腹を割ってとことん話し合えばいいのかもしれない。あのとき彼がどんな気持ちで別れを告げたのか、それがわかれば一歩関係を進めることができるような気がするが、渚は怖くて切り出せずにいた。

（もし先輩を問い質して、「初めて抱いたとき、思ってた感じと違って幻滅した」とか、「初体験を済ませたかっただけで、実はそんなに好きじゃなかった」とか言われたら、きっと立ち直れない。そんな話を聞くくらいなら、何も知らないほうがいい）

考え込む渚を、仁美がじっと見つめている。

彼女は取り皿の上に箸を置き、「あのさ」と言ってテーブルに身を乗り出した。

「あんたは気持ちが揺れてるのかもしれないけど、私はお勧めしない。だってお兄ちゃんは、昔あんたをやり捨てた男だよ？　あれから十年以上の時間が経ったとはいえ、基本的にそういうことができる人間なんだから、信用するだけ馬鹿を見ると思う」

あまりに辛辣な言葉に、渚は少々面食らいながらつぶやく。

「仁美は先輩の妹なのに、すごく厳しいね」

「妹だからこそだよ。いつも眉間に皺を寄せて、真面目そうな顔をしてるくせに、実際はあんなことができる人間なんだもん。悪いけど心の底から軽蔑してる」

仁美は元々他人に厳しいタイプだが、相手が兄だからといって手心を加える気は微《み》塵《じん》もないらしい。ジョッキを傾けてビールを飲んだ彼女は、渚に提案した。

「何度も連絡してきて迷惑なんだったら、私がお兄ちゃんにガツンと言ってあげるよ。二度と渚に近づかないように伝えるから」

「ま、待って。先輩はたぶん、悠を気にしてくれてるんだと思うの。会うたびにあの子と遊んでくれてるし、悠自身も楽しんでるみたい」

旭川に来るまでの悠は義姉と二人暮らしで、ときどき家に男性が来ていたというが、彼は父親ではないらしい。

どうやら二人から邪険にされていたようで、出会ったばかりの頃の悠はおどおどと大人の機嫌を窺う様子が顕著だった。だが少しずつ警戒心を解いてくれ、特に律には抱っこや肩車をされてうれしそうにしていたのが印象的だった。

(あの子のあんなに楽しそうな顔を見たら、わたしの一存で先輩と会えなくするのは気が引ける。……こんなふうに思うの、おかしいかな)

そう考えながら渚は仁美を見つめ、ぎこちなく言った。

「あの、話をするならわたしが先輩に直接言うから。仁美が変に口を挟んだりしたら、兄妹仲が拗れちゃうかもしれないし」

「別にー？　元々そんな仲がいいわけじゃないし、私は全っ然構わないけど」

「とにかく、いいから。仁美は先輩に何も言わないで」

するとそれを聞いた彼女が胡乱な表情になり、念を押す口調で告げる。

「ねえ、あんたが今一番に考えなきゃいけないのは、家のことでしょ。いくら悠がおとなしい子だとはいえ、まだまだ目が離せない年齢だし、恋愛にうつつを抜かしてる暇はないんじゃないの」

「――……」

仁美の言葉に虚を衝かれ、渚は口をつぐむ。

悠は自分が生んだ子どもではなく、義姉の理香の息子だ。本来は養育する義務がないにもかかわらず、一人では孫の面倒を見るのが難しい義父のために一時的に実家に戻り、世話を手伝っている。

それは決して当たり前のことではなく、渚のプライベートが大きく削られているのが現状だ。それを知っているはずの仁美にそう言われ、渚は逃げ場を塞がれたかのような閉塞感をおぼえる。

だが咄嗟《とっさ》に言い返すことができず、ぎこちなく笑って答えた。

「そうだよね。……そんな暇ないよね」

「お兄ちゃんはあの見た目だから当然向こうで何人もの女とつきあってただろうし、こっちに戻ってきて手近にいた渚にちょっかいをかけてるだけなんだよ。関わるだけ時間の無駄なんだから、はっきり『迷惑だ』って言ったほうがいいよ」

「うん」

居酒屋を出て仁美と別れた渚は、夜道を自宅に向かって歩き出す。

日中は二十一度まで気温が上がって行楽日和だったものの、夜になるとぐっと下がり、肌寒かった。上着の前を搔《か》き合わせながら歩く渚は、先ほどの瞳との会話を反芻《はんすう》する。

彼女はああ言っていたが、再会してからの律はとても誠実そうに見えた。悠に対しても優しく、普段はほとんどワンオペ状態の渚は面倒を見てもらえて助かった。

律が優しくしてくれる理由は、仁美が言うように手近にいた渚にちょっかいをかけたいだけなのだろうか。だがそれなら悠のいないところで会おうとするのが自然で、渚は彼の真意がわからなくなる。

そのときポケットの中でスマートフォンの電子音が響き、取り出してみると律からメッセージがきていた。元々互いの連絡先は知らなかったが、今日の日中に動物園に行ったとき、悠をトイレに連れていこうとした渚に彼が「もし行き違いになって合流できなくなったら困るから、連絡先を交換しよう」と提案してきて、断りきれずにトークアプリのＩＤを交換した。

律からのメッセージは「今日はお疲れさま」「悠はもう寝た？」というもので、渚は「晩ご飯のあとに、疲れたのかすぐに寝てしまいました」「わたしはそのあと仁美と飲んでいて、たった今解散したところです」と返信する。

そして少し考え、「今日は動物園に連れていってくれて、ありがとうございました」「悠もとても喜んでいました」と送信し、小さく息をつく。

（さっき仁美に「あんたは気持ちが揺れてるのかもしれないけど、私はお勧めしない」「信用するだけ馬鹿を見るよ」って言われたとき、思わず言い返しそうになった。……だって先輩は、今のところ見返りを求めずに悠の面倒を見てくれてるから）

律は「渚がつきあいたいと思えるかどうか、これからの俺を見て判断してくれないか」と言い、実際行動に移している。

それはとても誠実に思え、渚の気持ちは揺れていた。そのときスマートフォンから着信音が響き、ディスプレイを見ると彼から電話がきている。渚は慌てて指を滑らせ、電話に出た。

「はい、狭山です」

『渚か？　俺だ』

電話越しの律の声は低く、それを聞きながら「一体何の用だろう」と考えていると、彼が思いがけないことを言う。

『今、外にいるんだろう。これから俺と飲みに行かないか？』

「えっ」

『迎えに行く。どこにいる？』

渚が面食らいながらしどろもどろにざっくりした場所を説明すると、律は「じゃあ、そこのコンビニで待っててくれ。タクシーで行くから」と言って通話を切る。

耳元からスマートフォンを離した渚は、胸がドキドキしていた。半ば押しきられるように了承してしまったが、今になって断るべきだったかと考える。

（どうしよう、先輩に電話して「やっぱり帰ります」って言う？　でも、もう家を出てるかもしれないし……）

悶々としながらすぐ傍《そば》のコンビニに入り、メイクを直す。

ミント味のタブレットを購入したあと、雑誌コーナーで所在なく時間を潰していると、十分ほどしてコンビニの前に一台のタクシーが停まった。それに気づいた渚は、急いで店を出る。

「ごめん、待たせて」

律はスーツ姿ではなく、白いインナーにジャケットを羽織った適度にカジュアルな恰好をしている。彼は停車したままのタクシーに、渚を促した。

「乗ってくれ。ここより街中のほうが、店がいっぱいあるから」

確かに自宅の近所であるこの辺りには、先ほど仁美と行った居酒屋一軒しかない。

走り出した車の中、渚はひどく居心地の悪い気持ちを味わっていた。律に対する態度を決めかねているのに、自分はこうして二人きりで会ってしまっている。

今までは悠の存在が緩衝材になっていて、深い話をせずに済んでいた。そんなことを考えていると、ふいに彼が隣で口を開く。

「仁美と飲んでたんだな。あいつが家にいないのは知ってたけど、渚と一緒だとは思わなかった」

「そういう話、兄妹でしないんですか？」

「全然。あいつはいつも俺に喧嘩腰だし」

確かに仁美と律のことは昔から知っているが、二人は決して仲のいい兄妹ではなかった。ひとつしか歳《とし》が違わないのに彼らが一緒に行動することはほとんどなく、だからこそ渚にとっての律は少し離れたところから見る憧れの存在だった。

タクシーで十分少々走ると、街中に出る。車を降り、律が向かったのは、旭川市の中心部にある歓楽街だ。

昭和の雰囲気が色濃く残る通りはネオンが眩《まぶ》しく、千軒を超える飲食店がひしめいていた。そんな中、律が入っていったのはおしゃれな雰囲気のバーで、渚はカウンターに座って感心しながら言う。

「先輩、こんな素敵なお店を知ってたんですね。十一年もこの土地を離れていたのに」

実家を出た当時の彼は十八歳で、酒を飲める年齢ではなかったはずだ。そんな渚の言葉を聞き、律がメニューを見ながら答える。

「旅館のゲストに観光案内をするために、いろいろインプットしてるんだ。この通りは違法な客引きやぼったくりなどがない、女性だけでも歩ける安全な飲み屋街として知られているし、旭川はカクテルの街として有名だ。夏には〝さんろくまつり〟もあるだろう」

彼はこれまでリサーチを兼ねて何度か歓楽街を訪れていると言い、渚は「そうだったんだ」と考える。

(確かに旅館って、ゲストに観光案内とかもするもんね。先輩、真面目に仕事してるんだ)

目の前のカウンターの中では、バーテンダーがオーダーしたカクテルを作っている。

渚は硬い表情で、隣に座る律に「あの」と切り出した。

「さっきメッセージでも言いましたけど、今日は悠を動物園に連れていってくれてありがとうございました。わたし、最初にすごく嫌な態度を取ったのに」

「別に気にしてない。俺も楽しかったし」

目の前に二つのグラスが置かれ、乾杯する。

そのとき律の袖口からいかにも値の張る時計が見えて、渚は「こういうのを着ける人になったんだな」と考えた。昔から上倉家は資産家で有名で、自宅も和風の大邸宅なのは知っているが、彼が身に着けているものはさりげなく上質なもので、少し尻込みしたい気持ちがこみ上げる。

目をそらした渚は、手の中にジンバックのグラスを包み込みながら言った。

「先輩、こっちに戻ってきてもう半月近く経ちますよね。旅館の仕事は大変ですか？」

「そうだな。仁美から聞いて知ってるかもしれないが、俺が父さんに呼び戻されたのは旅館の経営が逼迫《ひっぱく》しているからだ。帳簿を調べたところ、今のままだと半年後に資金がショートして法的整理をしなければならないことがわかった」

律は従業員の馴れ合いが顕著で接客の質が非常に低いこと、客室数に対して人員が多すぎること、建物の老朽化が激しいことなどを問題点として挙げた。

「昨日父さんに、新館を一時的に閉鎖してリストラを敢行するように提言したところ、今日になってOKが出た。これで大幅な支出減が見込めるから、単価アップを目指す」

「単価……ですか？」

「ああ。今まではサービスのレベルが低い状態で高級旅館を謳《うた》い、一泊二食で二万円という宿泊料金を取っていたから、SNSでネガティブな書き込みをされることが多かった。つまり顧客満足度が低かったためにリピーターを見込めず、毎月赤字を計上していたんだ。料理への不満も結構頻繁に書かれていたから、まずは食材を見直し、仕入先を新たに開拓して、ロスを削減しつつクオリティの高い料理を調理場に作ってもらう。料理を売りにした割烹《かっぽう》旅館として、再スタートを切るつもりだ」

宿泊料金を上げるのにふさわしいサービスを用意し、増益に成功したらそれを建物のリニューアルに回す。少しずつ改築を重ね、ゆくゆくは新館も再オープンするつもりだと語る律を前に、渚はすっかり感心してつぶやいた。

「すごい。先輩、いろいろ考えてるんですね。まだ戻ってきて日が浅いのに」

「俺は東京で、ホテルグループのマネジメント部門に勤務していたんだ。グループ傘下のホテルのコンサルティングを担当し、経営上の問題点を指摘したり、改善するためのプランを練る部署だった」

つまり現在経営難に陥っている上倉旅館の舵《かじ》を取るのに、最適な人物だということだ。渚は驚きながら彼に問いかけた。

「もしかして先輩は、こうなるのを見越してホテル会社に就職したんですか？　いつか実家の旅館の経営に携わろうと考えて」

「まあ、そうだ。あんな形で実家を出たけど、いつか自分が旅館を継がなくてはならないのはわかってた。そのために大学の経済学部に入学して、ビジネス学科で経営やマーケティングについて学んだんだ。だが父さんは、わざわざ東京まで行く必要はない、大学は地元のそれなりのところにして、卒業後はすぐに上倉旅館を手伝えと言ってきかなかった」

律がいずれこちらに戻ってくるつもりだったのだと聞いて、渚の胸がぎゅっとする。ならば彼は、なぜ自分を捨てたのだろう。どうしてあんな形で終わりにしたのかという思いがこみ上げて、我慢できなくなった渚は押し殺した声でつぶやいた。

「いつか戻ってくるつもりなら……どうしてわたしを捨てたんですか？　直前まで『東京に行ったからって、渚と別れる気はない』『向こうに行ってもまめに連絡するし、長期の休みには必ず会えるようにする』って言ってたのに」

当時の苦しい気持ちを思い出し、渚は唇を引き結ぶ。するとスコッチのグラスの中の氷を揺らしながら、律が答えた。

「自信がなくなったんだ。父さんとひどく拗れて、俺は大学生活にかかる費用を全部自分で賄わなくてはならなくなった。祖父さんから相続した遺産はまだ少し残っていたけど、万が一のときのためにそれには極力手をつけたくない。そのためには二年目以降の学費は奨学金を借り、アルバイトで生活費を稼ぎつつ学業と両立することが必要で、気持ちの余裕がなくなっていた」

「…………」

「ろくに会えないくせに渚を縛りつけるのは、俺のエゴじゃないかと考えたんだ。長期の休みに必ず会えるようにするっていう約束は、残念ながら守れそうにない。だったら手を離してやったほうが、渚のためになるんじゃないかと思った」

彼は「それに」と言葉を続け、やるせない笑みを浮かべる。

「渚だって、俺に会いたくなかったんだろう？　初めてしたあとにすごく素っ気なくなって、メールもまったく寄越さなくなった」

「それは……」

――それは、律からもらったネックレスを失くしてしまったからだ。

彼に何と言っていいかわからず、悩んでいるうちに別れを告げられた。つまり互いの話を総合すると、十一年前の破局は律と渚の双方の事情が絡み合って導き出されたということになる。

（あのときわたしは、自分が一方的に先輩に捨てられたんだと思ってた。でも先輩はお父さんと拗れたせいで精神的にも金銭的にも余裕がなくなって、それに加えてわたしの変によそよそしい態度を「自分を嫌になったんだ」って誤解しちゃったんだよね。だから「ごめん」の一言で、関係を絶った……）

罪悪感がこみ上げ、渚は目の前のグラスを見つめる。そして小さな声で謝った。

「……ごめんなさい。わたし、十一年前の別れについてずっと被害者意識を持ってました。自分も誤解を招くような行動をしていたのに、それをなかったことにしてて……先輩にはいろいろな事情があったのに」

「誤解って、あのとき渚は俺のことが嫌になったんじゃないのか？　だからあんな……」

「先輩の前でどういう顔をしていいかわからず、ぎこちない態度を取っていたのは事実です。それでなかなか連絡ができなくて」

本当はネックレスを失くしたことを正直に言うべきだが、渚はそれを口にできずに言葉を濁す。

あのとき律がどんな気持ちで渡してくれたのか、それを考えると申し訳なさが募り、どうしても言うことができなかった。すると彼が苦笑し、ウイスキーを一口飲んで言う。

「そうか。今になって思えば、あのとき無理して関係を続けようとしても結局長続きしなかったかもしれないな。それくらい俺は大学生活に余裕がなかったし、北海道と東京は遠すぎた」

律は「でも」と言葉を続け、渚を見る。

「俺はこうして戻ってきて、渚に再会した。実際に会うと、昔よりきれいになったなとか、甥っ子の面倒を見てて大変だなとか、そういう気持ちがどんどん強くなっていって、気がつけば渚のことばかり考えてる。改めて言うが、俺たちもう一度やり直せないか？　昔とは事情が変わった今だからこそ、上手くやっていけると思うんだ」

「……っ」

真っすぐな眼差しで見つめられ、渚の頬がじわりと熱を持つ。

彼の言うとおり、自分たちを取り巻く環境は昔に比べてガラリと変わった。かつてネックとなっていた東京と北海道の距離や、コミュニケーション不足による行き違いは解消されている。

（どうしよう、わたし……）

律にこう言ってもらえて、うれしい。これまで半ば意地のように「彼と距離を取らなければ」と考えていたが、今になって心の奥底に押し込めた恋心が再燃しようとしている。だが一点だけ気になることがあり、渚は遠慮がちに口を開いた。

「先輩がそう言ってくれて、すごくうれしいです。でもわたしは悠の世話があって、あまり会う時間が取れないんですけど」

いわば子持ちの状態で、恋愛をするのはどうなのか。

先ほど仁美からも釘を刺されたばかりで、渚も彼女の言葉には一理あると感じている。すると律が、真剣な顔で言った。

「ひとつ確認しておきたいんだけど、悠は渚の甥で実子ではないわけだろう。子どもの世話を自分の父親と渚に放り投げて、当の母親は一体何をしてるんだ？」

「義姉《あね》とはまったく連絡が取れていません。携帯にかけても出なくて、義父が何度メッセージを残しても一切返信がない状態で。悠をこちらの保育園に入れるとき、住民票を移転させたりする手続きが必要で連絡した際には出たらしいんですけど、そのときは『彼氏と一緒に、札幌に住んでる』って話していたようです」

それを聞いた彼は「そんな無責任な」と眉をひそめつつ、渚に向かって言った。

「俺は渚とつきあっていく上で、悠の存在をマイナスには考えていない。何度か会って一緒に過ごしたけど、あの年齢特有の可愛さがあるし、ちゃんとお礼を言えるいい子だと思う。だから今までどおり、日中に会えるときは連れてきてくれて全然構わない」

「本当ですか？」

「ああ」

律が悠の存在を受け入れてくれ、渚はホッと胸を撫で下ろす。

彼が隣からふいに腕を伸ばし、手を握ってきて、心臓が跳ねた。ドキリとして見つめると、律が確かめるように言う。

「俺は仕事をしながら悠の面倒を一生懸命見ている渚を尊敬するし、何でも手伝いたいと思ってる。これからはそうしたことも踏まえてつきあっていくってことでいいか？」

「は、はい」

「よかった」

彼がにじむように笑い、そのうれしそうな表情を見た渚の胸がきゅうっとする。

過去にあんな別れ方をしたにもかかわらず、また律とつきあうことになった事実が信じられなかった。落ち着こうとして目の前のグラスの中身をぐいっとあおると、彼が眉を上げて言う。

「大丈夫か？　そんなに一気に飲んで。さっき仁美とも居酒屋に行ってたんだろう」

「だ、大丈夫です」

店はカクテルの種類が豊富で、渚はサイド・カーやホワイト・レディなどをオーダーし、次々と空ける。

酩酊《めいてい》してくると緊張が和らぎ、気がつけば律が知らない十一年間の出来事を話していた。

「へえ、高校卒業後は札幌の女子大に行ったのか」

「旭川にある大学だと、偏差値的に勿体《もったい》ないって言われて。うちの母は看護師をしながらわたしの学費を貯《た》めてくれてましたし、高三のときに再婚してできた義父も『学費のことは心配せず、好きな大学に行っていいよ』って言ってくれたので、札幌の大学を選びました」

在学中はずっと下宿暮らしで、卒業後は地元に戻り、学習塾に就職してもう六年働いている。そう話すと、律が微笑んで言った。

「もし渚が他の土地で就職していたら、会う機会はなかったってことだな。こっちに戻ってきてくれてよかった」

確かにそのとおりだ。

もし自分が大学卒業後に札幌に留まり、向こうで就職先を探していたら、彼と再会することはなかった。そう思うと、こうして再び出会えたことが得難い幸運に思え、渚は面映ゆい気持ちを持て余す。

（ああ、かなり酔っちゃった。明日は仕事だし、そろそろ帰らなきゃ）

そんなこちらの気持ちを読んだのか、律がカウンター内にいるスタッフに会計を申し出る。彼がカードで支払い、渚は慌てて財布を取り出した。

「すみません。わたし、自分の分を払いますから」

「いいよ、別に」

「よくないです」

「こういうときは甘えてほしい。だって今夜はデートだろう？」

デート――という言い方をされて、渚の頬がじわりと熱を持つ。結局律にご馳走《ちそう》になる形になり、店の外に出た渚は彼に礼を言った。

「すみません。ご馳走さまでした」

歓楽街は相変わらずネオンが明るく、地元の人間や観光客がときどき店の前で立ち止まったりしながら多く行き交っている。

大きな通りに出た渚は、タクシーを探した。するとふいに律に手を握られ、ドキリとして肩を揺らす。

「せ、先輩？」

「渚。──帰したくない」

彼が真っすぐにこちらを見つめていて、渚は目をそらせなくなる。

その言葉の意味がわからないほど子どもではないものの、どう反応していいかわからなかった。律が言葉を続けた。

「さっき本当は、渚に聞きたかったことがある。俺と別れたあと、どんな男とつきあってきたのか」

「…………」

「年齢的に、結婚を考える相手もいたんじゃないか？」

彼に手を握られ、その大きさを嫌というほど意識しながら、渚はしどろもどろに答えた。

「あの、……いません」

「えっ？」

「先輩以外に、つきあった人はいません。そういう機会がなかったわけじゃないんですけど……何ていうか、自信を持てなくて」

するとそれを聞いた律が、信じられないという表情でこちらを見下ろしてくる。

渚は取り繕うように早口で言った。

「ひ、引きますよね。二十八歳で、男の人とつきあった経験が全然ないなんて。そういうことを避けているうちに、気がつけばこの年齢になってて」

「それはもしかして、俺とのことが心の傷になっていたからか？」

彼に真剣な眼差しで問いかけられ、渚はぐっと言葉に詰まる。

先ほど建設的な話し合いをしたのだから、これ以上恨み言を言いたくない。しかし答えをはぐらかすわけにはいかず、目を伏せて頷いた。

「……そうかもしれません。また誰かとつきあった結果、いつかあっさり捨てられるかもしれないのが怖くて、だったら最初からそういう関係にならなければいいんだと考えてました。気がつけばこの歳になっていたので、この先もずっと独身で生きていくのかなとか思ったりして」

次の瞬間、律の腕に引き寄せられ、渚は強く抱きすくめられる。

驚きに息をのんでいると、律が耳元でささやくように言った。

「――ごめん。渚がそんなコンプレックスを感じるようになったのは、俺のせいだ。何も話し合わないままで一方的に関係を終わりにして、深く傷つけた結果、恋愛に臆病な気持ちを植えつけてしまった。謝っても謝りきれない」

彼の声音には深い悔恨がにじんでいて、抱きしめる腕の強さに胸が締めつけられる。

渚はかすかに顔を歪め、律の背をそっと抱き返しながら答えた。

「謝らないでください。あのとき先輩にどんな事情があったのかは、さっき話を聞いてわかりましたから」

「でも……」

「わたしたち、またやり直せるんですよね？　今まで誰ともつきあわなかったのは、きっとわたしにとっては正解だったんです。だってまた先輩と会えたんですから」

すると彼が抱きしめていた腕の力を緩め、渚の顔を見下ろす。渚が微笑んでみせると、律が何ともいえない表情でつぶやいた。

「参ったな。――ますます帰したくなくなった」

「えっ」

「渚が俺のものだって、確かめたい。いいか？」

直球で問いかけられ、渚は狼狽《うろた》えながら答える。

「あの……はい」

――それからの律の行動は、早かった。

スマートフォンで何やら検索し、どこかに電話をかける。どうやらホテルの空室状況を聞いているようで、彼はすぐに通話を切って言った。

「部屋が取れるみたいだ。行こう」

タクシーに乗って走ること約五分、到着したのは駅前にあるラグジュアリーホテルだった。

迷いのない足取りでフロントに向かった律が、チェックインの手続きをする。やがてスタッフに案内されたのは、最上階にあるジュニアスイートだった。

（わ、すごい……）

広々とした室内はリビングと寝室に分かれていて、クラシカルで趣味のいい調度が優雅な雰囲気を醸し出している。窓からはきらめく夜景が見え、渚は気後れしながらつぶやいた。

「こんなにすごいお部屋、初めて入りました。最上階ですし、きっと高いんですよね……？」

「俺が働いていた間宮ホテルグループの基準でいえば、中の上ってところかな」

寝室にはセミダブルサイズのベッドが二つあり、渚の緊張がにわかに高まる。

流れでこうしてホテルに来てしまったものの、性行為は実に十一年ぶりのため、胸がドキドキしていた。

（どうしよう、わたし、上手くできるかな。先輩、昔と比べて幻滅したりしない……？）

そんな渚の緊張を知ってか知らずか、律がバスルームに姿を消す。そしてしばらくして戻ってくると、至って平然として言った。

「風呂にお湯を溜《た》めてるから、ゆっくり浸《つ》かるといい。入浴剤も入れたらリラックスできるんじゃないかな」

「は、はい」

彼がこんなにも落ち着いているのは、前職の関係で高級ホテルに慣れているからだろうか。それとも過去に何人もの女性とつきあってきたため、こうした状況に慣れているのだろうか。

そんな思いがこみ上げ、渚の心がシクリと疼く。

（そういえば仁美が先輩のこと、「東京で何人もの女とつきあってたはずだ」って言ってたっけ。わたしがさっき「今まで誰ともつきあってない」って言ったとき、先輩は何も答えなかったし、つまり過去にそういう相手がいたってことだよね）

律は今年三十歳になるはずで、年齢を考えればそれは当然なのかもしれない。

だが彼が自分以外の女性と親密だったのをリアルに想像し、渚はモヤモヤしていた。

バスルームに向かうとそこは高級感のある内装で、アメニティもブランド物を取り揃えて充実している。

衣服を脱いだ渚は身体を洗い、浴槽に入浴剤を入れた。そして乳白色のお湯に浸かり、ホッと息を吐《つ》く。

このあとの展開を考えるとなかなかバスルームから出ることができず、気がつけば身体が茹だりそうになっていた。ようやく湯から上がった渚はバスローブを着込み、部屋に戻る。

するとリビングでテレビを見ていた律が、こちらに視線を向けて言った。

「遅かったな。ひょっとしたら風呂で茹だってるんじゃないかと思って、そろそろ声をかけようと考えてた」

「す、すみません。お待たせして」

「俺も風呂に入ってくる」

彼がバスルームに去っていき、渚は落ち着かない気持ちを持て余す。

こういうところに来るのが初めてで、どこで律を待っているのが適切なのかわからない。とりあえず長風呂で身体が熱くなっているため、冷蔵庫から水のペットボトルを取り出して半分ほど飲んだ。

そして窓辺に歩み寄り、駅前の様子を見下ろしながら考える。

（何だかすごく不安になってきた。だってわたしがしたのって、十一年前に先輩と一度きりなんだもん。黙ってされるがままになってたら、つまらない女だって思われるかも……）

かといって律を愉しませるようなテクニックがあるはずもなく、悶々としてしまう。

そのとき窓ガラス越しに映る室内が見え、彼が戻ってきたのがわかった。渚がドキリとして息を詰めると、後ろから歩み寄ってきた律が外を見下ろして言う。

「ここは十五階までしかないし、眺望はいまいちだな。街の規模的にしょうがないのかもしれないが」

「ほ、ホテルのマネジメントって、そういうところも気にするんですか？」

「ありとあらゆる観点から、どういう部分でそのホテルの価値を底上げできるかを考える。設備、料理、接客の他、高層階からの夜景もそのひとつだ。ただ、こればかりは立地や地域の特性に左右されるから、仕方のない部分もあるな」

スラスラとよどみなく答えた彼が、ふと笑って言う。

「今この状況でそんなことを聞いてくるなんて、緊張してるのか？」

「お、おかしいですか？　先輩は慣れてるのかもしれませんけど、わたしは男の人とこういうところに来るのが初めてですから」

すると律が渚の身体を背後から抱きすくめ、髪に鼻先を埋《うず》めて答えた。

「おかしくなんてない。むしろ、うれしいと言ったほうがいいかな。渚が今まで誰ともつきあってなくて」

「あ……っ」

バスローブ越しに胸のふくらみに触れられ、心臓が跳ねる。

生地が厚いせいで感触はだいぶ遠いものの、彼の手が触れていると思うだけでドキドキした。今さらながらにさほど豊かとはいえないそこが気になり、わずかに身じろぎすると、ふいに律の片方の手が頤《おとがい》をつかんで口づけられる。

「ん……っ」

彼とキスをするのは、初めてではない。

高校時代には何度もしていたものの、十一年ぶりの感触は新鮮で、かあっと体温が上がった。緩やかに舌を絡ませられ、渚は喉奥からくぐもった声を漏らす。唇が離れると間近に律の整った顔があり、気恥ずかしさが募った。

「――ベッドに行こう」

第四章

ゆったりとした広さの寝室は、家具やリネンがどこかクラシカルな雰囲気で高級感がある。そこに渚を誘《いざな》った律は、頭の隅で考えた。

(本当はもっとグレードが高いホテルにしたかったが、この辺りではここが限界か。まあ、仕方ない)

前の職場ではホテルをコンサルティングする部門にいたため、宿泊施設を見る目がつい厳しくなってしまう。

ベッドの縁に腰掛け、脚の間に立った渚を見上げると、彼女はひどく緊張しているようだった。聞けばかつて自分と別れて以来、渚は誰ともつきあっていなかったとい い、律の中に罪悪感が募る。

(俺が傷つけたせいで、渚は恋愛に臆病になってしまったんだな。こんなに可愛いんだから、きっとアプローチしてきた男は多かっただろうに)

彼女を飲みに誘い、バーで二人きりで話をした結果、十一年前の別れは互いの誤解や事情が重なった結果なのだということがわかった。

とはいえ渚の過失は少なく、直接話し合いをせずに一方的に別れを告げた自分のほうが悪いのだと律は考えている。

(渚に償うには、一体どうしたらいいんだろう。俺のことなんてとっくに忘れて、幸せになってると思っていたのに)

だが彼女は恨み言を言わず、再び律とつきあうことを了承してくれた。

それどころか、こちらの罪悪感を和らげるため「自分が今まで誰ともつきあわなかったのは、結果的に正解だったのだ」と言ってくれ、想いが高じた律は渚をホテルに誘って今に至る。

目の前に立つ彼女の両手を握った律は、穏やかに告げた。

「渚に無理強いしたくないから聞くけど、急にこんなところに来て本当は嫌じゃないか? もし心の準備ができてないとか、もう少し時間が経ってからのほうがいいとか思ってるなら、俺は今日何もしない。どうする?」

すると渚が驚いたように目を見開き、すぐに何ともいえない表情になる。

彼女は面映ゆそうな顔をしてつぶやいた。

「先輩って、変なところで我慢強いですよね。昔も途中までしかけたのに、『これ以上するのは、大学の合格発表まで我慢したい』って言って、実際それから一ヵ月自制したり」

「もし先にしてしまったら、そういうことしか考えられなくなると思ったんだ。受験を控えていたのにそれは命取りだし、実際は人一倍の煩悩があった」

「先輩がですか？」

意外そうに目を丸くする渚に、律は頷いて答える。

「つきあい始めの頃から、渚に触れたくてうずうずしてたよ。好きな子なんだから当たり前だろう」

彼女の小さな手を握りながら、律は「でも」と言葉を続けた。

「だからって、渚に我慢はさせたくない。正直な気持ちを聞かせてくれないか」

するど渚がこちらを見下ろし、意を決した様子で言う。

「わたしは……先輩としたいです。どういうふうに振る舞えばいいか、まったく自信がないんですけど」

それを聞いた律の心に、歓喜の感情がこみ上げる。握った手にやんわりと力を込め、微笑んで告げた。

「何も意気込まなくていい。そのままの渚で充分だから」

――それから律は、時間をかけて渚の身体を溶かした。

全身に手と唇でくまなく触れ、性感を高める。すると初めは緊張でガチガチだった彼女は徐々に息を乱し、切れ切れに声を漏らすようになった。

華奢な体型は昔とほとんど変わりなく、白く透明感のある肌やすんなりとした肢体が律の欲情を煽《あお》ってやまない。やがて慎重に中に押し入ったが、渚はきつく眉根を寄せて小さく呻いた。

「うぅ……っ」

「ごめん、痛いか？」

昔一度したとはいえ、十一年間誰ともつきあっていないのなら、処女と言っても過言ではないだろう。

そう考えた律が一旦自身を引き抜こうとすると、こちらの腕をつかんだ彼女が必死な表情で言った。

「そのまま……してください」

「でも――」

「先輩と、したいんです。わたしは大丈夫ですから」

渚の懇願に心が揺れ、律は何度か腰を揺らしながら自身を根元まで収める。

中はきつく、痛いほどの締めつけだったが、苦痛の度合いは彼女のほうが明らかに強い。渚の目が涙で潤んでいて、律は彼女の額に口づけてささやいた。

「初めてみたいなものだし、苦しいだろう。なるべく早く済ませるから」

「あ……っ」

緩やかに腰を揺らし、律動を開始する。

初めのうちは締めつけが強かった渚の中は、ゆるゆると動くうちに少しずつ馴染んでいった。身体のこわばりも徐々に解け、彼女は喘《あえ》ぎながら律にしがみついてくる。

「……あ……っ、先輩……っ」

「渚……」

熱に浮かされたような時間が終わると、渚はぐったりとして疲労困憊《ひろうこんぱい》だった。

その汗ばんだ額を撫で、律は彼女に問いかける。

「平気か？　どこかつらいところは」

「……っ……大丈夫です」

まだ乱れた呼吸で答えた渚が、小さく「先輩」と呼びかけてきた。

「ん？」

「……ぎゅって、してください」

その言葉に一気に気持ちをつかまれた律は、彼女の隣に身を横たえるとその身体を腕の中に強く抱き込む。そして乱れた髪に顔を埋めてささやいた。

「これでいいか？」

「はい。……先輩の匂い、昔と変わらないですね。これだけ時間が経ってるのに、何だか不思議です」

腕の中の華奢な身体に、いとおしさをおぼえる。

渚を再びこの腕に抱けたことが、まだ信じられなかった。一度触れるとますます好きな気持ちが増して、抱きしめる腕に力を込めると、彼女が息を詰まらせながら言う。

「せ、先輩、ちょっと苦しいです」

「渚が可愛いのが悪い」

するとみ渚がじわりと頬を染め、モソモソとつぶやいた。

「……昔は硬派な雰囲気だったのに、今はそんなことが言えるようになったんですね」

「渚以外に言ったことはないけどな。それより、そろそろ〝先輩〟っていう呼び方をやめないか？」

「えっ」

「俺たちは晴れて恋人同士になったんだから、名前で呼んでほしい」

それを聞いた彼女が顔を上げ、驚いた顔で言う。

「名前って……律さん、ですか？」

「ああ」

「律さん……」

面映ゆそうにつぶやく様子が可愛くて、律の欲望がまたも頭をもたげそうになる。

しかし一応確認しておこうと思い、渚に問いかけた。

「今日はこのまま泊まっていけるか？」

「それは……」

渚が言いよどみ、申し訳なさそうに答える。

「すみません。明日は月曜日で仕事がありますし、朝早く起きてわたしと悠のお弁当を作らなきゃいけないんです。それに義父《ちち》にも、今日は泊まると言って出てきてませんし」

「そうか」

確かに明日は月曜日で、平日だ。律は早朝にタクシーで帰ればいいと考えていたが、渚にはいろいろ都合があるのを失念していた。律は彼女の髪を撫で、謝罪した。

「ごめん、俺の配慮不足だった。渚には家の都合があるんだから、それを最優先で考えなきゃいけないよな」

「……すみません」

「謝らなくていい。じゃあ、シャワーを使ってそろそろ出るか」

交代でシャワーを使い、身支度を整える。部屋を出ようとした瞬間、渚が「あの」と申し出てきた。

「せっかく素敵な部屋を取ってくれたのに、こんなに早く帰るの、すごく勿体ないですよね。わたし、半分出しますから」

「いいよ。必要ない」

「でも」

なおも何か言おうとする彼女の身体を引き寄せ、律はその唇に口づける。

そして目を瞠る渚の顔を見つめて、甘くささやいた。

「うちの旅館の経営状態がよくないっていう話をしたけど、今のうちに対策を講じれば立て直せる予定だし、俺自身が経済的に困窮してるわけじゃない。だから甘えられるところは甘えてくれ」

「……律さん」

「今日は無理でも、例えば事前に予定を立ててお義父《とう》さんに伝えておけば、外泊するのは可能か？」

律の問いかけに、彼女が頷く。

「それは大丈夫です。今までも仁美や友人のところに泊まったりしてましたし、わたしのプライベートに干渉する人ではないので」

「そうか。よかった」

ホテルの外に出ると、雑多な匂いのする風が吹き抜けた。

ひんやりとした夜気を感じつつタクシーに乗り込んだが、後部座席に渚と一緒に座った律はずっと彼女の手を握っていた。そして先に渚の自宅前で停車してもらい、彼女に向かって告げる。

「じゃあ、また連絡するから」

「はい。――おやすみなさい」

＊＊＊

個別指導ヴィオスの事務スタッフはアルバイトを含めて五名いて、入社六年目の渚は中堅どころだ。

新しく入ったアルバイトに仕事を教えるのも業務の一環で、講師から頼まれた資料をプリントアウトして部数をチェックするように申しつけた渚は、自分の席に戻った。

そして生徒情報のデータ入力をしながら、「今日は何時に帰れるかな」と考える。

(この入力が終わったら郵送の住所ラベルを印刷して、今日の業務は終わりかな。残業せずに帰れそう)

作業自体は難しくないが、入力するのは生徒の連絡先や成績などに関する重要な情報で、ミスがないように注意することが必要だ。

いつもなら集中してやる仕事であるものの、今日の渚はどこか気もそぞろだった。理由は、昨夜律と話し合った結果またつきあうことになり、彼に抱かれてしまったからだ。

ホテルに入ってからのひとときを思い出すたび、渚の頭は煮えそうになる。律は終始優しく、経験の浅いこちらを気遣ってくれた。ほぼ処女と言っていい状態だったため、彼を受け入れたときは初めてのときと同様に苦痛があったものの、それも徐々に和らぎ、終わってみればとても心が満たされた時間だった。

場所が駅前で一番いいホテルのジュニアスイートだったことも、ロマンチックな気持ちを掻き立てていた。元ホテルマンである律はそうした場でもまったく臆した様子がなく、チェックインがスマートだったのが印象的だ。

大人になった彼には経済的にも気持ち的にも余裕があり、渚は思い出すだけでじんと心が震えるのを感じた。

(あんなに先輩を避けようと思ってたのに、わたし、現金だな。どんどんあの人のことが好きになってる)

仁美は渚が再び律と関わるのを反対し、「今は悠がいるのだから、恋愛ではなく家のほうを優先するべきだ」と忠告してきた。

だが悠は渚の実子ではなく、彼の養育を手伝っているのはあくまでも渚の厚意だ。義父の誠一は娘が置いていった孫の面倒を一人で必死で見ていたものの、仕事をしながら四歳の子どもを養育するのは物理的に不可能で、渚は〝理香が戻ってくるまで〟という条件で一時的に同居して面倒を見ているにすぎない。

それをさも当たり前のように言われ、息苦しさをおぼえつつも言い返せずにいたが、律はそうした事情を理解した上で「俺にできることは手伝う」と申し出てくれた。

もちろんそれを鵜呑《うの》みにして彼に甘えようとは思わないものの、律の言葉は渚の心をだいぶ軽くしている。

(この半年ほどは仕事と悠のお世話でいっぱいいっぱいで、知らないうちにかなりストレスが溜まってたのかも。お義父さんはいつも感謝してくれてるけど、第三者である先輩に理解されることが、こんなにホッとするだなんて)

昨日の深夜に帰宅してから、渚はずっとそわそわと落ち着かない気持ちに苛《さいな》まれている。

何しろ男性とつきあうのは十一年ぶりで、どういう頻度で律に連絡していいかもわからない。そんなこちらの気持ちを知ってか知らずか、彼は朝メッセージを寄越し、「身体は大丈夫か」と気遣ってくれたり、昼は「板前さんと料理の打ち合わせのあと、試食を兼ねて昼飯」と言って豪華な昼食の写真を送ってきて、渚は面映ゆい気持ちを味わった。

まだ上手く距離感はつかめていないが、律と何気ないメッセージのやり取りができるのがうれしい。こうして時間を積み重ね、少しずつ互いのパーソナルな部分を知っていけたらいいと思う。

それからデータ入力を集中してこなし、郵送物の宛名ラベルのプリントアウトを終えた渚は、午後五時に退勤した。更衣室で着替え、悠を保育園に迎えに行くべくビルの外に出て歩き出したところ、すぐ近くのコンビニの脇で数人の高校生がたむろしているのに気づく。

見ると男子生徒が三人で一人を取り囲み、何やら揉《も》めているようだった。

（あの子たち、うちの塾の生徒だ。確か五時半からのコースの……）

次の瞬間、囲まれていた生徒が顔を殴りつけられ、渚は息をのむ。

彼らは何か捨て台詞《ぜりふ》を吐いて塾の方向に立ち去り、殴られた生徒は頬を押さえてうつむいていた。渚は急いで彼に歩み寄り、ハンカチを差し出す。

「大丈夫？　口の中とか切ってない？」

「――……」

びっくりした顔でこちらを見た生徒が、一瞬訝《いぶか》しげな顔になる。渚は自己紹介した。

「個別指導ヴィオスの事務員をしている、狭山です。受付でたまに会うよね？」

「あ、……」

長期休暇の集中コースのときは日中に授業が行われるため、受付に座っている渚は何度か彼を目撃したことがある。合点がいった様子の男子生徒に、渚は問いかけた。

「さっきの子たちもうちの塾生だけど、制服が違うから別の学校ってことだよね。何か揉めてたの？」

「それは……」

口ごもる彼は、高校二年生にしては小柄でおどおどとしている。

渚が焦らず返事を待つと、男子生徒が話し始めた。

「さっきの三人とは、春期講習のときに自販機の前で一緒になって……最初は『飲み物を買いたいんだけど、財布を忘れたからお金を貸して』って言われたんです。次に会ったときに返してくれるかと思ったら、『今は小銭がない』『つうか、ちゃんと返すって言ってんのに生意気じゃね』って言われて、そのとき持っていたお金を全部取られました。それから何度かカツアゲに遭うようになって、今日は断ったら……殴られて」

「……そうだったんだ」

彼らの行為は悪質で、渚は眉をひそめながら考える。

（少しずつ行為がエスカレートしてるし、塾の運営とあの子たちの保護者に今回のことを報告するべきだよね。まずは三人の名前を特定しないと）

そう結論づけた渚は、男子生徒に向かって告げた。

「あの、名前を教えてくれる？　あなたは殴られているし、何度もカツアゲに遭ってるなら、塾の運営やあの三人の保護者に連絡するべきだと思う」

すると彼はサッと顔色を変え、首を横に振って言った。

「い、いいです。そんなことをしたら、あとで何をされるか」

「でも、このままだと何も解決しないでしょ？　また殴られて怪我をしたら大変だし」

渚が再三説得しても、男子生徒は頑なに頷こうとしない。

その様子からはあの三人の報復を心から恐れているのが伝わってきて、渚は心底困り果てた。しかも自分はこのあと悠を迎えに行かなければならず、既にいつもの時間が過ぎている。悩んだ末、渚は彼を見つめて「わかった」と告げた。

「そこまで言うなら、あの三人の件は一旦保留にする。でもあなたのことを放っておけないから、何か困ったことがあったら連絡をくれる？」

「えっ？」

「トークアプリで繋がろう。わたしは大人だし、いろいろ相談に乗るよ」

すると男子生徒が渋々頷き、トークアプリのＩＤを交換する。

彼の名前は川口佳史《かわぐちよしふみ》というらしく、渚はスマートフォンを閉じて言った。

「また三人に何かされたら、必ず連絡して。わたしは川口くんの味方だから」

「……はい」

「じゃあ、このあと塾頑張ってね」

保育園は午後六時まで通常の保育料で利用でき、延長料金はかからない。

五時二十五分に園に到着すると、奥から出てきた悠が問いかけてきた。

「なーちゃん、今日はちょっとおそかったね」

「うん、少し用事があって」

保育士に「さようなら」と告げ、悠と手を繋いだ渚はスーパーで買い物をする。

そしてバスに乗って帰宅したあと、キッチンで夕食作りに取りかかった。今日は手羽元と大根の煮物、鮭《さけ》ときのこのホイル焼き、野菜たっぷりのコールスローサラダとデザートにオレンジというメニューで、出来上がったものを前にした渚は少し考え、写真を撮って律に送った。

そしてちょうど帰ってきた誠一と一緒に食卓を囲み、「いただきます」をする。

「おっ、悠、野菜もちゃんと食べて偉いなあ」

祖父に褒められた悠は、得意満面だ。誠一は帰宅すると食事の後片づけや悠のお風呂、寝かしつけをしてくれるため、渚は格段に楽になる。

気がつくとスマートフォンがチカチカと点滅しており、メッセージがきていた。タップして確認したところ、送ってきたのは律だ。内容は「これから会えないか」というもので、渚はドキリとした。

（どうしよう。わたしはまだお風呂に入ってないから、出られないこともないけど……）

スマートフォンを持ってしばし考え込んだ渚は、浴室でお湯の温度を見ていた誠一に声をかける。

「お義父さん、すみません。ちょっと出掛けてきてもいいですか？」

「ああ、構わないよ」

ホッとし、踵を返しかけた渚だったが、ふいに「渚ちゃん」と呼び止められる。

「はい？」

「いつも悠の面倒を見てもらって、すまないね。僕はとても助かっていて感謝してもしきれないが、君は本来あの子の育児をする義務はないんだから、遠慮なく外出してくれていいんだよ。週末も、僕一人で何とかするから」

おそらく彼は、昨夜渚の帰宅が遅かったことで恋人ができた可能性に思い至ったに違いない。義父の気遣いをありがたく思いつつ、渚は微笑んで答える。

「ありがとうございます。あまり遅くならないうちに帰ってきます」

「うん。いってらっしゃい」

一旦自室に戻って化粧を直した渚は、上着を着て玄関に向かう。するとリビングから悠が出てきて、小さな声で問いかけてきた。

「なーちゃん、お出掛けするの……？」

「うん。お友達と会ってくる」

「お友達って、仁美ちゃん？」

本当は違うが「そうだよ」と答えると、彼はホッとした様子で言う。

「ぼく、おじいちゃんとお風呂はいるね。いってらっしゃい」

「いってきます」

外に出ると、藍色の空に星がきらめいていた。逸《はや》る心を抑えて往来に出た渚は、少し先に一台の車がハザードランプを点滅させて停まっているのに目を留める。歩み寄り、車内を覗き込んだところ、運転席にいる律と目が合った。

「先輩、わざわざ迎えに来ていただいてすみません」

「いや」

今日も彼は仕事が終わったあとに来たのか、スーツ姿だ。

髪もセットされており、その端正な姿に渚はドキドキする。助手席に座り、シートベルトを締めたのを確認した律が、緩やかに車を発進させながら問いかけてきた。

「さっき送ってくれた晩飯の写真、美味《うま》そうだった。渚が作ってるのか？」

「はい。義父は帰りが午後七時とかなので、ちょうど出来上がったくらいに帰ってくるんです」

「そうか。誘ったあとに気づいたんだけど、もしかして悠の世話が残ってたんじゃ」

彼が気がかりそうな顔でそうつぶやいて、渚は笑って答える。

「義父が帰ってきたあとは、いつも台所の後片づけと悠のお風呂、寝かしつけまで全部やってくれるので、大丈夫です」

渚の仕事は悠の保育園の送り迎えと料理、洗濯で、掃除は分担していると語ると、律がホッとした表情になって笑う。

「よかった。渚の時間がほとんどないんじゃないかって、心配してたんだ」

「夜は比較的ゆっくりさせてもらっています。だからときどき仁美と飲みに行ったり」

「じゃあ、週末の夜に食事に誘っても大丈夫か？」

思いがけない言葉に眉を上げ、渚は頷く。

「はい。大丈夫です」

「そうか。じゃあいろいろ予定を練っておく」

ハンドルを握る律の手は大きく、大人の色気があって、渚はじんわりと頬を染める。

昨夜この手が自分の身体に触れたのだと思うと、にわかに気恥ずかしさがこみ上げていた。

（やだ、わたし……）

昨日の今日でこんなことを考えているなど、彼に悟られたくない。そんな気持ちがこみ上げ、前を見て誤魔化すように言った。

「あの、どこに向かってるんですか？」

「今夜はドライブでもどうかと思って。展望台は行ったことあるか？」

「小学校の遠足では行きましたけど、夜は行ったことないです」

旭川市の中心部から五キロほどの小高い丘の上に建っている展望台は、京都の嵐山とその景色が似ていることから明治時代の開拓使によって名付けられ、旭川八景にも選定されている。

上川《かみかわ》盆地と美しい山々、石狩川《いしかり》を一望でき、昼間の風景も見事だが、夜はきらめく市街地を眺められる絶景の夜景スポットとして知られていた。

渚の自宅からは車で二十五分ほどで、ドライブにちょうどいい距離だ。車窓から外を眺めつつ、渚は律に問いかけた。

「スーツを着てるってことは、先輩はわたしに連絡するまで仕事をしてたんですか？」

「ああ。職場に長く残っていると他のスタッフへの示しがつかないから、極力残らないように心掛けてるけど、結局事務室で仕事をしてる。いろいろ検討する案件が尽きなくて」

今は上倉旅館の再建計画が大詰めで、彼は連日父親の康弘や公認会計士と話し合いを重ねているらしい。渚は遠慮がちに言った。

「わたしと会うの、無理してませんか？　家で休んでいたほうがよかったんじゃ――」

「全然。むしろ渚に会うことが、疲労回復になってるよ。メッセージのやり取りも楽しいし」

上倉旅館は高級割烹旅館として生まれ変わるべく、料理を大幅にリニューアルしようとしており、現在は新しい仕入先の開拓やメニューの変更、試作などで忙しいという。

そうした話をするうちに、車は展望台の駐車場に乗り入れていた。他にも数台の車が停まっていて、カップルや観光客の姿がちらほら見える。

車を降りた渚は、やがて眼前に広がった夜景を前に歓声を上げた。

「わ、すごい。きれいですね……！」

市街地のビルの灯《あか》りが瞬く夜景は、宝石箱をひっくり返したように美しかった。

ロマンチックな光景にしばしうっとりした渚は、隣に立つ律を見上げる。

「考えてみるとわたし、こういう展望台からの夜景って初めて見たかもしれません。車の免許を持ってませんし、大学時代に札幌に住んでいたときもそういうところに行ったことがなくて」

そこでふと思い当たり、渚は「でも」と言葉を続けた。

「先輩は東京で有名なホテルグループに勤めていたんですから、夜景とか見慣れてますよね。むしろこういう地方都市の眺めは、物足りなく感じるんじゃ」

「これはこれで、きれいだと思うよ。それより呼び方が元に戻ってる」

「えっ？」

「〝先輩〟って。下の名前で呼んでくれって言っただろう」

指摘された渚はじわりと頬を染め、モソモソとつぶやく。

「えっと……律、さん」

改めて口にすると恥ずかしさが募り、渚はうつむいてしまう。

するとそれを見た彼が、噴き出して言った。

「名前くらいでそんな顔するなんて、初々しいな。昨夜はもっとすごいことをしたのに」

「……っ」

「今日はずっと、渚のことばかり考えてた。昨日どんなふうに俺にしがみついてきたかとか、反応がすごく可愛かったなとか」

まさかここで昨夜の出来事を蒸し返されるとは思わず、渚は顔を真っ赤にして答える。

「そ、そういうこと言うの、やめてください……」

「渚は日中、まったく思い出さなかったか？　俺のこと」

――思い出していた。

律の手が自分にどんなふうに触れたのか、身体の重みや体温、匂いまでもが折に触れてよみがえり、平静を装うのに苦労していた。

何と答えていいかわからず押し黙っていると、ふいに彼が身を屈め、唇に触れるだけのキスをしてくる。

「あ、……」

まさか外でされるとは思わず、渚はかあっと顔を赤らめた。

周囲は一定の距離を置きながら何組かのカップルが夜景を眺めていて、無人ではない。渚は狼狽《ろうばい》してつぶやいた。

「こ、こんなところで……」

「誰も見てない」

「人がいるじゃないですか」

「いるけど、皆カップルだから似たようなもんだろ」

渚がムッとして頬を膨らませると、律が笑ってさらりと言う。

「そういう顔してても可愛いな。渚はなかなかいじり甲斐がある」

「もうすぐ二十九歳ですし、全然可愛くありませんから」

「昔からずっと可愛いし、変わらないよ。いつも穏やかで周りに気を使いすぎるくらいなところも、素直な性格や表情がくるくる変わるところも、一緒にいてホッとする」

彼がそんなふうに自分を見ていたのが意外で、渚の胸がきゅうっとする。

湿り気を帯びた夜風が吹き抜け、少し肌寒さを感じた。平地より標高が高いため、気温が市街地より一、二度低いようだ。渚がかすかに身震いすると、それに気づいた律が言った。

「そろそろ車に戻ろうか」

駐車場に戻り、車に乗り込んだ途端、ホッと息が漏れる。

彼がエンジンをかけ、緩やかに車が走り出して、渚は「もう帰るのか」と少し物足りなさを感じた。

今日は平日で明日も仕事のため、それは正しい。誠一は「家のことは気にせずに外出していい」と言ってくれたが、昨日の今日で帰りが遅かったら眉をひそめられそうだ。律が運転しながら、ふいに問いかけてきた。

「渚の仕事は、いつも何時に終わるんだ？」

「午後五時です。本当はシフト制で午後九時までの勤務もあるんですけど、悠を引き取ってから夕方五時までの固定にしてもらいました。でも週に一度は義父が残業せずにお迎えをして夕食まで作ってくれるので、楽なんです」

「お義父さんと、上手く仕事を分担してるんだな」

誠一は渚に育児を手伝わせているのを申し訳なく思っていて、極力こちらの負担を減らすように努めてくれている。そうした気遣いが伝わってくるため、三人での暮らしに不満はなかった。ただ、本来悠の面倒を見るべき理香から何の連絡もないことに対しては、強い憤りを感じている。

（「彼氏と住むのに、悠が邪魔」だなんて、母親とは思えない。わたしもお義父さん

も、大変な思いをしてあの子の面倒を見ているのに）

そんなふうに考え、思わず眉根が寄るものの、律はそれに気づかずに言う。

「だったら今日みたいに、お義父さんに迷惑がかからない範囲で会わないか？　もちろん週末に悠を交えて出掛けるのは大歓迎だけど、二人の時間も大切にしたい」

「……はい」

彼の言葉は気遣いに溢れていて、渚は面映ゆさをおぼえる。

昨日改めて恋人同士になり、こうしてわずかな時間でも会ったことで、離れがたい思いが募っていた。片道二十五分の距離は体感的にはあっという間に過ぎ去り、車は自宅の目と鼻の先で停車する。渚は車の外に出るべく、シートベルトを外した。

「律さん、ありがとうございました。じゃあ――」

ふいにその腕をつかんで押し留められ、渚は驚いて律を見る。

すると自身のシートベルトを外した彼が身体を寄せ、唇を塞いできた。

「……っ」

律の舌が口腔《こうくう》に忍び込み、緩やかに舐《な》められる。

ぬめる柔らかな感触に、渚は吐息を漏らした。少しずつキスが深くなり、陶然としながらうっすら目を開ける。その瞬間、間近で律と視線が絡み、ドキリとした。

「ぁ……」

彼の眼差しは欲情を押し殺した色を浮かべていて、かあっと体温が上がる。

キス自体に乱暴なところはないのに、律が自分を欲しているのが伝わってきて、渚の性感をじわじわと煽った。

やがて唇が離れ、息を乱して彼を見つめる。律が吐息の触れる距離でささやいた。

「ごめん、こんなところで。――我慢できなかった」

「……………」

「駄目だな、なるべく分別があるように振る舞おうと思ってるのに、実際は全然余裕がない」

思いがけず心情を吐露され、渚の心臓の鼓動が高鳴る。

離れがたいと思っているのが自分だけではない事実に、心から安堵していた。目の前の彼への慕わしさが募り、微笑んで言う。

「わたしたち、前につきあったときは三ヵ月で終わってしまって、お互いのことをちゃんと知るまでに至らなかったですよね。でも今こうしてまたつきあうようになって、昔は知らなかった律さんを知ることができて、すごくうれしいです」

「………」

「大人になった律さんは、わたしから見て精神的にも経済的にもすごく余裕があるように見えてましたけど、そうじゃない面を見ても嫌いにはなりません。むしろいっぱいいっぱいなのはわたしだけじゃないんだなって思って、ちょっと安心しました」

渚の笑顔を見た律がかすかに目を瞠り、やがてにじむように微笑む。

そしてしみじみとつぶやいた。

「渚のそういう、前向きなところが好きだ。昔は受験へのプレッシャーや父さんとの関係がストレスだったときもあったけど、渚の笑顔を見るとホッとできた。今もそうした部分は変わらないし、だからこそ悠も懐いてるんだろうな」

彼は運転席に身体を戻しつつ、笑顔で言った。

「渚の前で恰好つけようとするのは、俺の悪い癖だな。これに懲りず、また会ってくれるか？」

「はい。もちろん」

渚は腕を伸ばし、自分から律の手を握る。

そして指同士を絡ませ、甘い気持ちでいっぱいになりながら彼に向かって告げた。

「じゃあ、……おやすみなさい」

「うん。おやすみ」

第五章

ホテルや旅館の経営改善にはいくつかのやり方があるが、中でも無視できないのはイメージ戦略やウェブマーケティングだ。

ユーザーの目につきやすいように検索連動広告《リスティング》や掲載順位アルゴリズムを駆使して集客アップを目指す。その一方、早期予約割引の適用になる部屋と通常料金となる部屋の配分を変動させるため、需要に応じた予測をする必要があった。

そうした律の説明を聞いた康弘が、渋面で言った。

「うちは高級旅館で売ってる都合上、割引をするのはな。今までしたことはないし、元々のイメージを損ねてしまうんじゃないか」

「俺が働いていた間宮ホテルグループでも、需要に応じて価格やサービスを変動させるレベニューマネジメントを活用していた。価格の決定権は各支配人に委ねられていたし、シーズンごとに価格を調整することで、高い稼働率を維持していたんだ。こうした取り組みは顧客のお得感に繋がるし、上《う》倉《ち》旅館が持つイメージを損ねるまではいかないと俺は踏んでいる」

他にも、少人数での運営を可能にするべく週二回の休業日を設定すること、それによって浮く年間の光熱費の試算を提示すると、彼はデータを見て押し黙る。

数字を目で追っていた康弘が、ふと目を瞠ってつぶやいた。

「この試算表によると、年間九十六日の休業日を設定した場合は売り上げが九パーセント減になっているが」

「ああ。でも変動費である人件費、光熱費、食品ロスが減ることにより、利益率は二割アップする計算になる」

つまり変動費の減少が売り上げの減少よりも大きい場合、利益は増加するという考えだ——そう説明すると、彼はみるみる険しい表情になって言った。

「ふざけるな。こんなの机上の空論だろう。元々いる従業員たちをリストラするのにも納得していないのに、売り上げを減らすだと？　そんな案、受け入れられるはずがない」

「父さん、まずはコストを削減して利益率をアップさせなければならないのは、再三説明してきたはずだ。リストラと休業日の設定は、人件費と光熱費を削減するために最良の方法だ」

しかし父はタブレットを乱暴にこちらに押しやり、苛立ちのにじんだ表情で言う。

「お前の提示する案は、いちいち荒唐無稽がすぎる。そもそも上倉旅館《うちかん》にはうちなりのやり方があって、それで一〇〇年以上も続いてきたんだ。それなのに、やれ人員を削れだの、従業員に情報共有させろだの、挙げ句の果てに休業日を作れだと？　年中無休でいつでも泊まれる状態にしておくのが、宿泊サービスの基本だろう」

頑なな表情の康弘を見つめ、律は押し黙る。ここまで時間をかけて話し合いを重ね、少しずつ同意を得てきたはずの案件を今になって蒸し返すということは、彼はおそらくこちらが提示する案に納得していなかったに違いない。

そうした鬱屈が今爆発し、不満として噴出している。

（……落ち着け。ここで俺まで激昂しては、話し合いにならなくなる）

意識して深呼吸した律は、気持ちを落ち着かせる。そして父に向き直って言った。

「俺がこれまで父さんに提示した経営改善案は、すべて明確なエビデンスを基に説明している。そうやって感情論を振りかざされては、話し合いにならない」

「…………」

「俺を呼び戻したのは、ただ自分の言いなりにしたかっただけか？　俺が父さんの経営方針に黙って従って、半年後に資金がショートして倒産すれば、それで満足か」

「……それは」

彼が気まずげに言いよどみ、それを見つめながら律は言葉を続ける。

「前の職場を退職した時点で、俺は上倉旅館の経営を立て直すしか道はなくなった。それまでの自分のキャリアを捨て、覚悟を決めてここに戻ってきたんだ。残された時間はわずか半年で、そのあいだに何らかの手立てを講じなければ、一〇〇年以上続いた上倉旅館は父さんの代で終わる。この言葉の意味を、もう一度よく考えてほしい」

康弘が顔を歪めて押し黙ってしまい、律は小さく息をつく。

そしてデスクの上で乱暴に押しやられたタブレットを閉じ、それを手に踵を返した。

「また改めて話をしよう。──建物の老朽化部分をチェックしてくる」

オフィス内にいた年嵩《としかさ》の事務員がこちらを心配そうに見つめてきて、律は彼女に頭を下げ、事務室を出る。

廊下を歩き出すと、深いため息が漏れた。父はよその企業での就労経験がなく、この旅館でしか働いたことがない。そのため視野が狭くなっているのは否めず、名家といわれる上倉家の当主という強い自負があり、ああして頑なな態度を取るに違いない。

(俺の意見を聞かないなら、専門家であるコンサルを入れるべきか？　でもそこまでの時間がない。……くそっ)

律が父に求めているのは、柔軟な思考だ。旅館を潰したくないのなら、どんな手段も試さなくてはならない。そうした気概が足りない気がする。

とはいえ自分も少し煮詰まっている感があり、深く息を吐いた。ああいうプライドの高い人間は、頭ごなしに言えば強く反発する。ならば言い方に気をつけ、意図する方向に上手く誘導するのがベストだ。

旅館の中を歩き回り、修繕が必要な箇所の写真を撮って細かくメモしながら、律はふと渚の顔を思い出して頬を緩めた。彼女と正式につきあい始めて五日が経つが、交際は順調だ。

渚は甥っ子の悠の面倒を見なければならない事情があるものの、幸い彼の祖父である義父は積極的に育児しているようで、外出する彼女を快く送り出してくれている。

あれから律は彼女をフレンチレストランのディナーに誘ったり、ホテルのバーに連れていったりと、デートを重ねていた。

今まで庶民的な店にしか行ったことがないという渚はひどく緊張した様子だったものの、いざ料理が出てくると美しい盛りつけに感嘆の表情を浮かべ、素直に「美味しい」と笑顔を見せてくれ、律の心が和んだ。

彼女は二十八歳になった今も高校時代の純朴さを残しており、昔のままのその部分に強く惹《ひ》かれてやまない。いつもニコニコと穏やかな渚と会って話をしたり、メッセージのやり取りをすることは、律の張り詰めた神経をふっと緩めてくれていた。

(明日は仕事だが日曜は休みだし、悠も連れてどこかに遠出できたらいいな。行き先を調べておこう)

その後、建物の老朽箇所をリスト化し、修繕するのにどのくらいの費用がかかるのかを近隣の工務店に見積もりを依頼したところで、内線で父に呼ばれる。

律が支配人室に入ると、そこには康弘の他に番頭の長田《おさだ》がいた。五十代の彼は古参の社員で、父の右腕といっていい人物だ。

デスクに座っていた康弘がこちらを見つめ、口を開いた。

「これまで旅館の再生計画については、私とお前、それに公認会計士だけで話をしてきた。まずは私たちだけで案を策定し、それを社員に通知しようという計画だったな。だが他の人間の意見も聞いてみたいと思い、長田に案を見せたんだ」

「…………」

父は自身の味方を増やすため、腹心の部下に計画の概要を明かしたのだろうか。ならばきっと、リストラ案や休業日について文句を言ってくるに違いない。そう考え、律が身構えていると、長田が口を開いた。

「先ほど社長から、律さんが作った経営改善案を見せていただきました。お二人がいろいろ話し合っているのは聞き及んでおりましたが、律さんが策定した案はかなり踏み込んだ内容で、正直驚きました」

「…………」

「旅館の経営が毎月赤字であることや、SNS上でのネガティブな意見、週末は予約が入っていても平日は閑古鳥であることなどは、私も以前から承知しております。なのにこれといった対策をせず、漫然と現状維持を続けてきたのは、番頭として不徳の至すところです。本当に申し訳ありませんでした」

彼に深く頭を下げられた律は、それを押し留めて口を開く。

「顔を上げてください。僕に頭を下げていただく必要はありません」

「律さんが間宮ホテルグループでマネジメント部門にいたこと、その経験やノウハウを基に社長に提言をしたのだということが、計画案を見ていてよくわかりました。ですが先ほど社長に話を伺ったところ、お二人の意見は対立しておられる」

「……はい」

やはり自分が呼びつけられたのは、長田を味方につけた父がこちらの意見を封殺するためだろうか。そう考えていた律だったが、彼は意外なことを言った。

「どうやらお二人での話し合いは、親子ということもあって感情的になるところがあるようです。そこで提案なのですが、私が仲介役《オブザーバー》として立ち会うのはいかがでしょう」

「えっ？」

「双方の意見を中立的な立場から聞き、内容を掘り下げることで、議論のスピードを上げることができると思うのです。社長にもそのように申し上げました」

てっきり長田は長年一緒にやって来た康弘の味方をするとばかり思っていた律は、肩透かしを食う。彼が言葉を続けた。

「漫然と仕事をしてきた私が言っても説得力がないかもしれませんが、この旅館の行く末を案じているのは本当です。伝統ある上倉旅館を、この先もずっと存続させていきたい。しかし経営方針は社長と後継者である律さん、並びに取締役会で決めるものであり、私はせめて自分にできることとして、議論を円滑に進めるためのオブザーバー役を務めたいと思っております」

長田の発言を受け、それまで黙っていた康弘が口を開いた。

「――先ほどは感情的になってしまって、すまなかった。これまでワンマンでやってきたせいか、どうやら私は人の意見を聞くという姿勢に欠けているようだ。だが第三者である長田に話を聞いてもらってクールダウンできたし、客観的な視点を持てる気がした。だから今後は彼に立ち会ってもらった上で経営改善案を詰めていきたいが、どうだろう」

父が冷静になってくれ、律はホッと胸を撫で下ろす。

親子二人で話し合いを重ねることに閉塞感をおぼえていただけに、長田を交えて風通しがよくなるのなら、それを断る理由はなかった。律は彼らを見つめ、口を開いた。

「そうか。とりあえず父さんは、俺が提示した案を改めて精査してほしい。その上で明日、長田さん立ち会いのもとで話をしよう。ただ何度も言っていることだが、今回の経営改善にはスピード感が求められる。あまり時間の猶予はないと思ってくれ」

「ああ。わかった」

＊＊＊

金曜日の夜は今にも雨が降り出しそうな空模様で、少し肌寒さを感じる。

その日、悠が寝たタイミングで自宅にやって来た仁美が、目を丸くして言った。

「えー、またつきあい始めた？　お兄ちゃんと？」

彼女を自室に迎え入れた渚は、缶酎ハイを開けて彼女のグラスに注ぎながら答える。

「うん」

「何でそんなことになったわけ？　私、忠告したよね？　お兄ちゃんだけはやめときなって」

仁美が眉をひそめてそう問いかけてきて、渚は説明する。

「このあいだ、先輩に飲みに誘われて夜に二人で会ったの。それで昔別れたときの先輩の状況や、お父さんとの確執で大学生活にゆとりがなくなるのを予想して、こっちに戻ってこない自分がわたしを縛るのはどうかと思ったっていう話を聞かされて……それで」

何となく彼女の前では〝律さん〟と言うのが気恥ずかしく、渚は前の呼び方で話す。

すると仁美が、皮肉っぽい口調で言った。

「へー、それで一週間も私に黙ってたってわけ？　水臭いじゃん」

「ごめん。何となく……言いづらくて」

「お兄ちゃんのほうも、家ではそういうのを一切匂わせないしさ。二人揃って私をハブって楽しい？」

「だから、ごめんってば」

渚がなかなか交際の事実を報告できなかったのは、彼女に嫌みを言われるのがわかっていたからだ。

仁美は最初から一貫して渚が律と関わりを持つのに反対しており、自分の兄を厳しい口調でこき下ろしていた。それを無視してつきあい始めたのだから、ネチネチと恨み言を言われるのは目に見えている。

(仁美、昔からそうなんだよね。自ら敵を作るタイプっていうか、美人でもてるのに相手とはすぐ破局しちゃうし、同性からも反感を持たれちゃうし。わたしはいいところをたくさん知ってるけど)

案の定、彼女は「今でこそ優しいかもしれないけど、お兄ちゃんは昔あんたをあっさり捨てた男だよ」「東京でずっと暮らしてた人間が、田舎の女を本気で好きになると思う？　暇潰しに決まってんじゃん」と強い口調で詰《なじ》ってきて、その言葉のひとつひとつが渚の胸に突き刺さる。

だが、言われっ放しではいけない。律と再びつきあい始めたのは勢いでも何でもなく、自分でよく考えて決めたことだ。そう考えた渚は深呼吸すると、仁美を見つめて言った。

「確かにわたしと先輩は十一年前に別れたけど、それは互いの事情ですれ違った結果だってことが話をしててわかったの。大人になった今は新しい関係を作れると思って、それで改めてつきあい始めたんだよ。仁美は先輩に対していろいろ思うところがあるかもしれないけど、わたしたちなりに考えた結果を頭ごなしに貶《けな》すのはやめて」

普段の渚は、彼女に対してこんな言い方はしない。

何でも「そうだね」と言って、ときにきつい言葉をぶつけられても曖昧に受け流すだけだ。だが真剣な交際に水を差されていい気はせず、精一杯毅然とした口調で自分の気持ちを伝えると、仁美は鼻白んだ表情になる。

彼女は渚から目をそらし、「そういえばさ」と言った。

「お兄ちゃん、例のネックレスについて何か言ってなかった？」

「えっ？」

「初めてプレゼントされたのを、あんたその二日後くらいに失くしてたでしょ。二人で話してて、その話題は出なかったの？」

渚はドキリとし、「えっと」と言いよどんで答えた。

「先輩からは、何も。わたし、ネックレスをもらってすぐ失くしたのをちゃんと伝えるべきなのに、まだ先輩に話せてないんだ。幻滅される気がして」

すると仁美は眉を上げ、「へえ」とつぶやく。

「何も話してないんだ。じゃあお兄ちゃんのほうから何か言ってくるまで、渚からはその話題を振らないほうがいいかもね。藪蛇《やぶへび》になるし」

「う、うん」

狡《ずる》いかもしれないが、律と今後も円満にやっていくためには、そのほうがいいのだろうか。

そのときスマートフォンから電子音がし、メッセージがきたのがわかる。手に取ってディスプレイを確認した渚は、すぐにそれを閉じた。だがその後も間髪容《い》れずに電子音が続き、仁美が訝しげな表情で問いかけてくる。

「それ、お兄ちゃんから？　返事しなくていいの？」

「あの、先輩じゃなくて……違う人」

「そんな立て続けに送ってくるなんて、仕事のこととか？　何か急ぎの用事なら、さっさと返しなよ」

「違うの」

——メッセージを送ってきているのは、個別指導ヴィオスの塾生である川口佳史だ。

渚が職場のすぐ近くで、同じ塾に通う生徒たちに彼が絡まれているのを目撃したのは、今週の月曜日だった。

彼らの報復を恐れて塾の上層部や保護者に報告するのを頑なに拒否する彼に、大人として状況を見過ごせないと考えた渚はトークアプリのＩＤを交換した。

問題は、そのあとだ。川口は翌日に連絡を寄越し、「昨日はハンカチを貸してくれてありがとうございました」という内容のメッセージを送ってきた。渚が「気にしないで」「何か困ってることはない？」と返すと、彼は友人との人間関係の悩みや勉強についていけないことへの不安、親との軋轢《あつれき》など、さまざまな事案について相談してくるようになった。

「相談って、あんたはそれについて具体的にアドバイスしたの？」

「わたしなりに考えてひとつひとつ答えを返したら、何だか懐かれちゃったみたいで。かなりの頻度で送ってくるようになって、実はちょっと困ってるんだよね」

実際に川口に会って話したのは月曜の一度きりだが、メッセージのやり取りはもう数えきれないほどしている。

彼の悩みは尽きず、思春期らしく本気で悩んでいるのが伝わってきて、無下にはできないと考えた渚はできるだけ丁寧に返信した。

しかしその結果、メッセージを送ってくる頻度が高くなり、正直キャパシティを超えている。

渚はカウンセラーでも何でもなく、一介の事務員だ。仕事とプライベートで忙しい中で川口に返信するのは、ここ数日でかなりの負担になっていた。

するとそうした事情を聞いた仁美が、呆れた顔で言う。

「それは中途半端に関わったあんたが悪いでしょ。さっさと塾の上の人に報告して対応を丸投げすればよかったのに、下手にＩＤなんて教えるからべったり依存されてるんじゃん」

「……うん」

「その子、深夜とかもメッセージを送ってくるの？」

「最初のうちはそうだったんだけど、『こっちは仕事をしてて早く寝なきゃいけないし、遅い時間に送られても対応できない』って言ったら、午後八時過ぎから零時くらいまでに集中するようになった」

川口は昨日例の三人にまた絡まれたらしく、渚が「やっぱり親御さんや塾の上層部に相談したほうがいいよ」と進言しても、なかなか頷こうとしない。

三人の名前も教えようとせず、手をこまねいていた。

（一体どうするのが正解なんだろう。今わたしが手を引いたら、川口くんは大人への不信感を強めるかもしれない。仁美の言うとおり、下手に関わってしまったから、引き際がわからなくなってる……）

目を伏せる渚を見つめ、仁美が酎ハイのグラスを傾けながら言う。

「渚って、そういうところ昔から全然変わらないね。変にお人好しで、クラスの雑用とかすぐ押しつけられてたし、『引き受けたからには、一生懸命やる』とか言ってニコニコしてたりさ。結局貧乏くじを引くことが多かったじゃん」

「そ、そうかな」

「とりあえずその生徒に関しては、しばらくつきあってやるしかないかもね。乗りかかった船だし、折を見て上の人に相談するしかないんじゃない？　ここですぐ引いたら、人間不信になりそうじゃん」

彼女の言葉は渚の考えと一致しており、「……そうだよね」と肩を落とす。

そうするうちに再び電子音が鳴り、何気なく視線を向けると、律からメッセージがきていた。手に取って確認した渚は、目を瞠りながらつぶやく。

「先輩、お父さんとの話し合いが円滑に進みそうだって。番頭の人が間に入ってくれたみたい」

そのあとに「明日、悠くんを連れて車で出掛けないか？」と書かれていて、ＯＫの返事をする。すると仁美が、眉をひそめて言った。

「番頭って、長田さんでしょ。お兄ちゃん、あんたに旅館の内部事情まで話してるんだ」

　彼女の言葉を聞いた渚は、慌てて答えた。

「そんなに詳しい話じゃなくて、当たり障りのない内容だよ。たぶん社外秘のことかは漏らしてないはず」

「ふうん」

　仁美は小さく息をつき、横を向いてポツリとつぶやく。

「結局さ、お兄ちゃんはいいとこ取りだよね。十年以上も好き勝手しながらひょっこり帰ってきて、いずれ社長を継ぐことが決まってるんだもん。ただ長男だってだけで、うらやましいよ」

　仁美の表情はひどく冷めていて、渚は咄嗟に何と返していいか悩む。すると彼女はこちらの戸惑いに気づき、取り繕うように笑って言った。

「まあ、あの人がいずれ社長になるのは昔から決まっていたことだけどさ。旅館の経営改善だって、実際は上手くいくかどうかもわかんないし。さて、私はそろそろ帰ろうかな」

　渚は玄関まで、仁美の見送りに出る。外に出た彼女が、ふと往来を見てつぶやいた。

「あれ、誰か来たみたいだよ」

「えっ、こんな時間に？」

「ほら、タクシーから降りて、こっちに来る」

渚が視線を向けると、ちょうど料金を精算したタクシーがUターンして走り去っていき、キャリーケースを引いた女性がこちらに歩いてくるところだった。

彼女はゼブラ模様のトップスの上にルーズなシルエットのニットカーディガンを羽織り、ショートパンツでスラリとした脚を強調している。セミロングの髪は金に近い茶髪で、派手なメイクをしていた。その顔を見た渚は、呆然としてつぶやく。

「……理香さん」

すると彼女——狭山理香がこちらに気づき、笑って言う。

「やだ、こんな時間にわざわざ出迎えてくれたの？」

「ち、違います。わたしは今、仁美の見送りに出ただけで」

思わず言い返してしまったのは、能天気な彼女に対して思うところがあるからだ。

約半年前、突然悠を連れて実家に戻ってきた理香は、彼を置いて姿を消した。理由は「子どもがいると、一緒に住む予定の彼氏が嫌がるから」という身勝手なもので、悠の世話を自身の父親の誠一と義妹である渚に丸投げし、そのまま連絡を寄越さずに今に至る。

一連の経緯を知っている仁美は揉め事の気配を察知したのか、渚に対してぎこちなく言った。

「私、もう帰るね。また連絡する」

「あ、うん。気をつけて」

去っていく彼女の背中を見送った理香が、「ふーん」とつぶやいた。

「あの子とあんた、高校時代からまだ仲良くしてたんだ。こんな狭い田舎でちまちまと、よく飽きないね」

「……理香さん、それより何か言うことはないんですか」

「何かって？」

「半年間も放置して、悠のことが心配じゃなかったんですか」

ふつふつとこみ上げる怒りを抑えながら問いかけると、彼女が眉を上げた。

「あー、そうそう、悠ね。どこにいるの？　悠ー、ママが帰ってきたよー」

「えっ、ちょっ……！」

ズカズカと玄関に入った理香が大きな声で家の中に呼びかけ、渚は慌ててそれを制止する。

「大きな声を出すのはやめてください。もう寝てるんですから……っ」

「はあ？　何よ、あんたが今自分で悠の話題を振ったんでしょ」

するとと騒ぎを聞きつけた誠一が奥から出てきて、玄関にいる自身の娘の姿を見つけ、目を丸くする。

「理香、お前どうして……」

「どうしてって、ここに帰ってきてあげたんじゃん。さんざん私の携帯に『戻ってこい』ってメッセージを残してたんだから、うれしいでしょ」

あっけらかんとして罪悪感など微塵もなさそうな理香を前に、誠一の表情がみるみる険しくなっていく。

そのとき悠が、寝ぼけ眼を擦《こす》りながら寝室から出てきた。それを見た理香が、笑顔で言う。

「ああ、いたいた。悠、ママだよ。いい子にしてた？」

すると彼はビクッと肩を揺らし、「……ママ？」とつぶやく。

靴を脱いで上がり込んだ理香が悠を抱っこするために腕を伸ばしたものの、彼は顔をこわばらせ、誠一の脚の後ろに隠れてしまった。それを見た彼女が、ムッとしながら言う。

「ちょっと、何？　めっちゃシラけるんだけど。せっかく会いに来てやったのに」

「会いに来てやったとは何だ。親としての務めを放棄して、今まで我が子を放置していたくせに」

誠一が厳しい口調で言い放ち、理香に向かって告げた。

「お前には、詳しい話を聞かせてもらう。——すぐに居間に来なさい」

話し合うのは親子二人のほうがいいかと考えた渚は、同席するのを控え、悠を寝室に促した。

「悠、なーちゃんと一緒にお布団に行こうね」

「でも、ママは……？」

「ママはお祖父ちゃんとお話があるから」

頷いた彼がおとなしく布団に入り、渚はその傍らに横たわると、お腹をポンポン叩いてやる。すると悠が布団の中からこちらを見つめ、小さな声で言った。

「なーちゃん。ママがむかえに来たから、ぼく、おうちに帰るの……？」

渚は眉を上げ、先ほどの彼の反応を思い浮かべつつ問いかけた。

「悠はママと会えて、うれしくないの？」

「ママはすきだよ。でもおにいちゃんといるときは『あっち行って』って言ったり、ぼくのことバーンってするの」

「バーン、って……」

〝おにいちゃん〟とは理香の彼氏のことで、バーンとは叩《たた》くということだろうか。

実は悠がこの家に来て間もない頃、こちらが何気なく腕を上げたときにビクッとしながら頭を庇《かば》う動作をすることがあり、「もしかして、日常的に叩かれていたのか」と感じたときがあった。

母親である理香がいなくなって以降も、不安な表情をすることはあっても「会いたい」と言って泣くことはなく、親子関係の歪《いびつ》さが如実に表れていた。

（たぶん理香さんは、悠をネグレクトしてたんだ。それどころか、この子を邪険にしてときどき叩いてた……）

この家に来たばかりの頃の悠は髪が肩くらいまで伸びていて、着ている服にも清潔感がなかった。

一緒に暮らし始めても以前理香とどんな生活をしていたかについてはまったく語らなかったが、今になってこういう話をしてくるということは、おそらく渚を保護者として信頼しているからなのだろう。

（理香さんは悠を迎えに来たのかな。それとも彼氏と別れて、またここに住むつもり？　この子のお世話を任せていいの……？）

悠の本来の保護者は理香なのだから、彼女がここに帰ってきた今、渚はお役御免だ。元より血の繋がりもないのだから、彼の世話は本当の母親に任せ、すみやかにこの家を出るべきだろう。そう思うのに、理香への反感がふつふつと胸にこみ上げ、渚はかすかに顔を歪める。

「なーちゃん……？」

ふと悠が不安そうな顔でこちらを見ているのに気づき、渚はハッと我に返る。

そして努めて明るい表情を作り、彼の首元まで掛け布団を引き上げて言った。

「明日、律くんが車で遊びに連れていってくれるって。楽しみだね」

「そうなの？」

すると悠が目を輝かせ、わくわくした顔で言った。

「ねえ、どこに行くの？　遠いところ？」

「まだ内緒。早く寝ない子は連れていけないよ」

それを聞いた彼はぎゅっと目を瞑《つむ》り、布団を口元まで引き寄せる。

「ぼく、もうねる」

「そうだね。おやすみ」

しばらくそうしてきつく目を瞑っていた悠だったが、やがて本当に寝息を立て始める。

それを見つめた渚は、複雑な気持ちを押し殺した。約半年間、仕事と家事、育児をこなすのは大変で骨が折れたが、理香が戻ってきてうれしいかというとそうでもない。むしろ無責任な彼女に悠を返すのが不安で、だが表立ってそう言うこともできず、モヤモヤしている。

（お義父さんが理香さんに悠を返すのが妥当だと考えるなら、わたしは何も言えない。そろそろ自分のアパートに帰ったほうがいいのかな）

悠が理香の元に戻るなら、元々独り暮らしをしていた渚は実家に留まる理由はない。居間では二人が話をしているはずだが、寝室は少し離れていて会話は一切聞こえてこなかった。目覚まし時計が規則正しい音を刻むのを聞きながら、渚は複雑な気持ちを持て余し、しばらくそのまま悠の寝顔を見つめ続けていた。

翌日は朝から眩しいほどの快晴で、夏を思わせる強い日差しが降り注いでいた。

午前十時、スマートフォンに「着いたぞ」というメッセージがきたのを確認した渚は、悠に帽子を被《かぶ》せつつ誠一に向かって言う。

「じゃあお義父さん、行ってきます」

「ああ。上倉さんに、よろしく伝えてもらえるかな」

「はい」

バッグを手に玄関に向かい、靴を履く。立ち上がろうとした渚の背後で、彼が申し訳なさそうに言った。

「理香が家にいるのに、悠の面倒を見なくてすまないね。朝から何度も声をかけてるんだが、なかなか起きてこなくて」

「いいんです。お義父さんは一生懸命やってくれてますし、今日は元々悠と一緒に出掛けるつもりでしたから」

悠が「お祖父ちゃん、いってきます」と声を上げ、誠一は優しい祖父の顔で答える。

「ああ、楽しんでおいで。仁美ちゃんのお兄ちゃんに迷惑かけちゃ駄目だぞ」

玄関を出て少し歩くと、往来に見慣れた車がハザードランプを点滅させて停車しているのが見える。

運転席のドアが開き、中から出てきた律が微笑んで言った。

「おはようございます。すみません、わざわざ迎えに来ていただいて」

彼は身を屈め、悠と目線を合わせて挨拶する。

「おはよう、悠」

「おはよう、律くん」

「昨夜はよく眠れたか？」

すると彼はモジモジし、「あのね」と小さく言う。

「昨日の夜ね……ママがきたの」

「ママ？」

律が訝しげな視線を向けてきて、渚は慌てて答えた。

「実は昨夜、突然義姉が帰ってきたんです。玄関先でいきなり大きな声を出したので、悠が起きてしまって」

「だったら、こうして悠を連れてきてよかったのか？　渚の義姉《ねえ》さんは、悠と一緒に暮らすつもりで迎えに来たんじゃ」

彼の問いかけに、渚は口ごもる。

「それは……その、まだ具体的な話にはなってなくて。義姉は寝ていたので、そのまま悠を連れて出てきてしまいました」

「そうだったのか」

律が気を取り直したように悠に視線を戻し、笑顔で問いかけた。

「今日は車で三十分くらいのところにある、大きな公園に行こうと思うんだ。遊具がたくさんあるらしいけど、悠は行ったことはあるか？」

「ううん、ない」

「じゃあ、楽しみにしてろよ」

目的地は旭川駅から五キロほどのところにある、緑豊かな大きな公園だった。

多目的運動広場やテニスコート、キャンプ場の他、滑り台、迷路など豊富な遊具を取り揃えた屋内遊技場、自然環境や動植物について学べる学習館などがある。

車を走らせること約三十分、駐車場に車を停めて向かった広場では、既にたくさんの子どもたちが遊んでいた。大型の木製遊具やターザンロープを見た悠は目を輝かせ、渚を見上げて言う。

「あそんできてもいい？」

「うん。でも人が多いから、はぐれないようにしないと」

「俺が行くから、渚は荷物を見ててくれ」

律が悠を連れて遊具に向かい、一緒に遊び始める。

彼は大きなクーラーボックスとバッグを持ってきていて、渚はそれを自身の横に置き、少し離れたところから二人を見守った。

大型遊具は普通の児童公園とは比べ物にならないほどの大きさで、確かに子どもが大興奮なのも頷ける。滑り台もかなり長く、既に長蛇の列ができていた。律は悠の「やりたい」という意欲を抑えつけることなく自由にさせ、それでいて危なそうなときは手で身体を支えたり、声をかけたりとまめに面倒を見ていて、渚はすっかり感心してしまった。

(律さん、子どもの扱いが本当に上手。それにあんな楽しそうな悠の顔、初めて見た)

昨夜理香が帰ってきたのを思い出したのか、朝起きて居間にやって来た悠はひどくそわそわしていた。

母親に会うのにどこか緊張しているような、それでいて待ちわびているような様子だったが、誠一が何度起こしても理香は起きてこず、悠はがっかりしていた。

誠一いわく、昨夜父親にこれまでのことを問い詰められた理香は、「つきあっている相手が子どもが嫌いだっていうから、悠をここに置いていった」「虐待されるよりましでしょ」と嘯《うそぶ》いていたらしい。

半年ぶりに戻ってきた理由は男と喧嘩したせいで、彼とは別れることも検討しており、そうなると理香は実家で暮らすつもりだという。

『今まではスナックで働いていたみたいで、ここに戻ってくるときに辞めてきたそうだ。悠を置いていったのは親としてあまりに無責任な行動で、渚ちゃんにかなり負担をかけてしまっていたことを説明したら、あいつは不貞腐《ふてくさ》れていたよ』

父親に叱責された理香は途中からまったく口をきかなくなり、やむを得ずかつて自室として使っていた部屋で休ませたのだと誠一は語った。彼は渚に対し、深く頭を下げてきた。

『理香をあんな娘に育ててしまったのは、僕の責任だ。渚ちゃんに対してきちんと謝罪させるつもりだし、この家にいるあいだは悠の世話や家事をしっかりやらせる。これからのことが決定するまで、もう少しだけ辛抱してもらえないかな』

義父が娘の不始末を心から申し訳ないと思っているのが伝わってきて、渚はそれを了承した。

だが今日の理香は渚と悠が出掛ける時間になっても起床せず、本当に反省しているかどうかは甚だ疑問だ。悠は半年ぶりに会った母親にさほど執着した様子がなく、渚と律とのお出掛けを楽しんでいて、それにひどくホッとしていた。

(わたし……悠が理香さんにそれほど懐いていないことを、喜んでる。あの子は自分の子どもじゃないのに独占欲を抱くだなんて、何だか浅ましいな)

だがこの半年間、悠の世話を一番してきたのは自分だ。

毎日食事とお弁当を作って保育園の送り迎えをし、家の掃除や洗濯をして、彼の遊び相手になる。義父の帰宅が遅いときは入浴や寝かしつけまでやり、仕事をしながら悠の母親業を必死でこなしてきた。

そうした苦労を丸投げし、男との生活にうつつを抜かしていた義姉を、心から軽蔑する。相手と破局しそうになってのこのこと実家に戻ってくるのは、渚に言わせれば甘え以外の何物でもなかった。

そんなことを考えているうちに知らず険しい表情になっており、渚は意図して息を吐く。今後の生活がどんなふうに変化するかはわからないが、ここにいるあいだは悠に思いきり楽しんでほしい。その気持ちに嘘はなく、こちらを見て「なーちゃん」と声を上げる彼に、笑顔で手を振った。

二十分ほど遊んだあと、三人で公園内のキャンプ場に向かった。そこではデイキャンプに申し込めばバーベキューが利用できるといい、渚は戸惑って律に問いかける。

「律さん、バーベキューをするには道具がないんじゃ……」

「事前にレンタル業者に申し込んである。受付に道具一式が届いてるはずだし、食材はクーラーボックスで持ってきた」

受付に向かい、利用料を払って名前を告げると、確かにバーベキューに必要な道具一式が届いていた。

それを手分けして抱え、キャンプサイトの奥に向かう。悠も一生懸命荷物を持ってくれ、渚は彼に笑顔で言った。

「悠、お外でお肉を焼いて食べるんだって。楽しみだね」

「うん！」

それから火をおこしてバーベキューをしたが、律はとても手際がよかった。

クーラーボックスには数種類の肉や食べやすく切った野菜、タレと紙皿、おにぎりやペットボトルの飲み物が入っていて、聞けば律の母親の万季子が準備に協力してくれたらしい。

「事前に言ってくれたら、わたしが用意したのに。すみません」

恐縮して謝る渚に、彼は事もなげに答える。

「驚かせたかったから、あえて言わなかったんだ。悠、お肉美味しいか？」

「うん、おいしい」

満面の笑みを浮かべる悠を見た律はうれしそうで、それを目の当たりにした渚の胸がきゅうっとする。

(……わたし、やっぱり律さんが好きだ)

十一年前も好きだったが、今はあのときとは〝好き〟の質が違う。

大人になった彼には精神的にも金銭的にも余裕があり、渚をさらりとリードしてくれるところが頼もしい。何より気持ちをつかまれたのは、悠に優しいところだ。再会した当初から律が悠を邪険にしたことは一度もなく、常に彼の目線に立って話をする。どこかに出掛けたときは面倒がらずに世話を焼き、渚の負担をさりげなく減らしていた。

今日は悠を楽しませることに全力を尽くし、遊具で思いきり遊ばせたあとにバーベキューをするなど、渚一人では考えつかないプランを実行してくれている。

(パッと見は怖そうに見えるのに実際は優しいから、悠はすごく懐いてるんだろうな。こうして見ると、何だか親子みたい)

悠の汚れた口元をウエットティッシュで拭いてやっている様は父親のようで、渚は微笑ましい気持ちになる。

やがてバーベキューが終わり、三人でゴミを分別しながら後片づけをして、道具を受付に返却した。それから屋内遊技場で遊んだが、終始はしゃいでいた悠は三十分ほどするとすっかり疲れてしまい、「なーちゃん、ねむい……」と訴えてきた。

「そっか。じゃあ、駐車場まで抱っこする？」

渚が手を差し伸べようとすると、ふいに律がこちらに荷物を預けて言った。

「俺がおんぶするよ。ほら悠、来い」

彼がしゃがみ込んで背中を差し出し、悠がびっくりした顔をしながらおずおずとおぶさる。立ち上がるとぐんと目線が高くなったのか、彼は目を瞠ってつぶやいた。

「すごい。高い」

「そうか？」

「それに律くんの背中、おっきいね」

律が歩き出し、渚はそれを追いかけて言った。

「すみません、律さん。重くないですか？」

「全然」

彼におんぶされた悠は、うれしそうだ。

駐車場までは少し距離があり、歩いているうちに彼は律の背に頬をくっつけて眠ってしまった。その安心しきった顔を見つめる渚に、律が笑って言う。

「今日は悠に楽しんでもらえてよかった。算数のドリルが好きで、どちらかといえば内向的な性格の子だけど、もしかしたら外で思いっきり身体を動かしたことがないのかもしれないと思って、ここを選んだんだ」

「確かにわたしがいつも連れていくのは近所の児童公園くらいなので、こういう広い場所で遊ぶのは新鮮だったと思います。ありがとうございます」

悠は車の座席に降ろしても目を覚まさず、そのまま寝かせて出発する。

車のハンドルを握りながら、律が口を開いた。

「それで、渚の義姉さんの件だけど。一体どういう話になってるんだ？」

渚は昨夜突然帰ってきた理香と誠一が話し込んでいたこと、今朝彼から聞かされた内容を説明する。すると律が、前を向いて運転しつつつぶやいた。

「じゃあ義姉さんは、こっちに戻ってくるかもしれないのか」

「はい。お義父さんは、理香さんに悠の世話を全部やらせるつもりみたいです。『母親なんだから当然だ』って」

「まあ、そうだよな」

「でも今朝は、わたしと悠が出掛ける時間になっても起きてきませんでした。だからあまり期待できないかなって思ってます」

それを聞いた律は、ルームミラーで後部座席で眠る悠をチラリと眺めて言った。

「確かに悠にとっては、母親との親子関係を修復したほうが幸せだよな。じゃあ義姉さんがいるあいだ、渚は面倒を見なくていいのか？」

「はい。義父は保育園の送り迎えや食事の世話も、すべて理香さんにやらせると言っていました」

「じゃあ今までと比べて、俺との時間が取れるってことか」

思いがけない言葉に、渚はドキリとしながら頷く。

「そ、そうですね」

「住まいはどうするんだ。今のまま、しばらく実家で暮らすのか？」

「いえ。義姉が戻ってきたんですから、今週中にアパートに戻ろうと思ってます」

本当は悠のことが気がかりで、すぐに実家を出るのは気が引けるものの、いつまでも自分があの家にいるのは歪だ。

（そうだよ。理香さんが悠の育児をきちんとしてくれるなら、本来わたしの出る幕はない。もっと自分のために時間を使えるようになるし、独り暮らしをすれば律さんと気兼ねなく会えるようになるんだから、いいことずくめだよね）

少しずつ気分が高揚し、渚は隣でハンドルを握る律を見つめて微笑んだ。

「アパートに戻れば、きっと今より律さんと会う時間を増やせると思います。そのうち遊びに来てくださいね」

「ああ。楽しみにしてるよ」

第六章

六月初旬の旭川は突然夏日になることがあり、今日の予想最高気温は二十六度となっている。

上倉旅館の経営改善計画は、親子二人で話し合っていたときに比べ、番頭の長田がオブザーバーとして加わることで話し合いのスピードが飛躍的に上がった。そこに公認会計士の酒井《さかい》が加わり、財務の専門家としてアドバイスをした結果、改善計画がようやく完成したのは六月五日のことだった。

翌日の朝、宴会場に集められた従業員に対し、社長である康弘が口頭で告げる。

「上倉旅館は創業一〇三年を迎えましたが、ここにきて大幅な事業計画の転換を迫られることとなりました。理由は、経営不振です」

従業員たちに〝社外秘〟と赤字で書かれたプリントが配られ、彼らはざわめきながらそれを眺める。

そこには過去十年間毎月赤字だったこと、現在借り入れが八億円あること、客室数に対しての人員が多すぎることや食品ロスの割合などが細かく記載されていた。キャスター付きのホワイトボードを壇上に移動させた律は、従業員たちに向かって告げた。

「専務の上倉です。ここからは、僕が詳しく説明させていただきます」

旅館の現在の経営状況、八億円の負債を返済して黒字転換にするにはどうしたらいいかという改善案を詳しく説明したあと、律は再び口を開いた。

「プリントに記載されているとおり、業務改善には大幅な人員削減が必須です。今いる人員を整理し、新館を閉鎖して本館のみに営業を絞って生産性を向上させた上で、残った従業員の方々には新しい上倉旅館の社員として頑張っていただくことになります。ただし、そのためには強い意識改革が必要です。もっと踏み込んだ言い方をすれば、それに対応できない方には残念ながら辞めていただかなくてはなりません」

強い言葉を聞いた従業員たちがざわめき、顔を見合わせてヒソヒソ話をしている。

康弘が再び口を開いた。

「これまで長いこと働いてきてくださった皆さんには、心から感謝しています。このように大幅な業態の変換が必要になったのは、ひとえに社長である私の責任です。本当に申し訳ありません」

これまでワンマンだった彼が深く頭を下げる姿に、従業員たちがしんと静まり返る。

康弘が顔を上げ、言葉を続けた。

「今回人員整理をする人数は四十名を予定しており、離職される方に関しては退職金をお支払いする予定でおります。自己申告ならばさらに一定額を上乗せいたしますので、お配りした資料で詳細を確認してください。各部署の主任は、取りまとめのほうをよろしくお願いいたします」

説明会が終わり、従業員たちがそれぞれ仕事に戻っていく。

それを見送った律は、ホワイトボードに書いた文字をクリーナーで消した。すると長田が横から話しかけてくる。

「さて、どのくらいの自己申告があるかですね。それによって支出額も違ってくる」

「ええ。でも従業員たちとの間になるべく軋轢を生じずに事を進めるには、自己申告してもらうのが一番です。経費が嵩むのは仕方ありません」

もし自己申告の人数が四十名に達しなければ、こちらから声をかけなければならない。

とはいえ従業員たちに通告したことで、経営改善計画はようやくスタートラインに立った。ここからはスピード感を持って推し進め、本館の稼働率の上昇と利益率のアップを図らなければならない。

事務室に戻った律はパソコンを開き、旅館の修繕箇所の見積もりを精査した。そうしながらも、昨日の渚とのやり取りを思い出す。

(まさか悠の母親が戻ってくるなんてな。俺はまったく面識がないけど、話を聞く限りなかなか厄介な人物みたいだ)

身勝手な理由で父親と渚に子どもを押しつけ出て行った彼女が戻ってきたのは、多少なりとも悠を思ってのことだろうか。渚は義姉にすべてを任せるのに不安を抱いているようだが、律はどちらかというとこの事態をポジティブに捉えていた。

(悠の養育は本来母親が行うべきだし、祖父もいる。渚はもう少し自分の時間を持ってもいいはずだ)

家事と育児に時間を取られなくなれば、自分と会う機会も増える。

頭を切り替えて仕事に集中した律は、工務店の見積もりを基に稟議書《りんぎしょ》を作成し、それを康弘に提出した。夕方になると接客担当や掃除担当の主任がそれぞれ数人分の離職願を持ってきて、手ごたえを感じる。

(離職する決断をした従業員は、比較的年齢がいっている人や家族を介護中の人が多い。新しいやり方に馴染みにくそうな人たちばかりだから、予想どおりだ)

父も同じことを考えていたらしく、離職願を眺めてつぶやいた。

「初日でこれだけの人数が集まったから、予定数に達するのは思いのほか早いかもしれないな」

「足りない分は、事前にピックアップした人たちに俺が個別に面談し、リストラに応じてもらう。父さんが話すより、従業員とのつきあいが浅い俺が事務的に話したほうがいいだろう」

「ああ」

午後六時に退勤した律は、渚に「今終わった」とメッセージを送る。

そしてタクシーに乗り、二十分ほどかけて駅前に向かった。街中は道路が混んでいて、少々流れが悪い。そんな中、駅前でタクシーを降りた律は、往来に面したカフェに向かう。

すると店内で人待ち顔で座っている渚がいて、声をかけた。

「待たせてごめん」

「いえ。お疲れさまです」

今日の夕方、律は彼女に「今日は一緒に晩飯を食わないか」とメッセージを送っていた。

悠の保育園に迎えに行かなくてよくなったのなら、こちらの仕事が終わるまで街中のカフェで時間を潰していてほしい。そう提案するとOKの返事がきて、今に至る。

渚の向かいの席に座ると、彼女が微笑んで言った。

「この半年くらい、仕事が終わったら真っすぐ家に帰るのが当たり前だったので、何だか落ち着かない気持ちです。こんなふうにお茶してていいのかなって」

「いいんだよ。これまで渚は頑張りすぎてたんだから、今日は俺がうんと甘やかしてやる」

それを聞いた渚が目を丸くし、じわりと頬を染めて答える。

「……律さん、そんなことが言えるようになったんですね。何だかびっくりです」

「そうか？」

「だって昔からいつも眉間に皺を寄せてて、近寄りがたい雰囲気だったのに」

律は笑い、ホットコーヒーを一口飲んで言った。

「確かにこういう顔のせいで、旅館の従業員たちには遠巻きに見られてる感じはするな。『都会から戻ってきた人間だから、お高く止まってる』って陰口も叩かれてたし」

「そうなんですか？」

「ああ。廊下を歩いていたら、偶然聞こえた。これでも仕事中は極力普通の顔をしてるつもりだけど、やっぱり威圧感があるみたいだ。今日は従業員たちの前で経営改善案についてプレゼンして、人員整理の話もしたから、余計にいろいろ言われてるかもしれない」

渚が目を瞠って「じゃあ……」とつぶやき、律は頷いて答える。

「旅館の立て直しに、本格的に着手する。父さんは従業員たちに対する情があって流されがちだから、俺が全面的に矢面に立つことにしたんだ。現場に出ることになるし、これからしばらく忙しくなる」

明日には各部署に設置するタブレットや従業員が着けるインカムが届き、建物の修繕も徐々に始まる。

料理のリニューアルは来週からで、オンライン上の旅行代理店にも新しい写真を使ってもらうべく準備していた。そうした取り組みをかいつまんで話すと、彼女は感心した顔でつぶやく。

「律さんはすごいです。そうした施策を短期間で打ち出せるなんて、きっと前の会社でいろいろなことを勉強してきたんでしょうね」

「まあ、そのために入った会社だからな」

そのとき渚のスマートフォンが電子音を立て、彼女がかすかに肩を揺らす。ディスプレイを確認した渚は返信をせずにすぐ閉じてしまって、律は「メルマガとかかな」と頭の片隅で考えた。

やがてカフェを出て向かったのは、数年前に星を獲得した寿司《すし》の名店だった。道産のみならず日本各地から選りすぐりの食材を取り寄せ、素材に合わせて熟成させたり藁《わら》で燻《いぶ》したりと、手間暇をかけて仕上げた寿司が評判の店だ。

カウンターに通され、席に座った渚はどこか緊張した顔でつぶやいた。

「すごいお店ですね」

「お任せになるけど、苦手な食材とかないか？」

「はい、大丈夫です」

店主は日本料理店で修業経験があるらしく、柔らかな煮蛸《にだこ》や肝ソースを掛けた鮑《あわび》など、次々に出てくる一品料理が美味だった。

最初こそ硬い表情の渚だったが、食事が進むにつれてリラックスし、料理を見て目を輝かせるようになって、それを見た律は微笑ましい気持ちになる。

(渚のこういうところが、俺は好きなのかもしれない。うれしいときは素直に表情に出してくれるから、何でもしてやりたくてたまらなくなる)

料理の締めくくりは握りだが、これまでたくさんの一品料理が出てきているためにかなり満腹感があった。店主がカウンター越しに何貫食べられるか聞いてきて、渚は少し悩み、「四貫でお願いします」と答える。

「律さんはどうしますか？」

「じゃあ、俺は六貫で」

ぼたん海老《えび》や鰊《にしん》、バフン雲丹《うに》といった握りを堪能し、会計を済ませて外に出る。

渚が恐縮した様子で礼を言ってきた。

「律さん、ご馳走さまでした。わたし、回らないお寿司って初めて食べたんですけど、すごく美味しかったです」

「そうか。よかった」

続いて律が向かったのは、タクシーで数分のところにあるホテルの高層階のバーだった。カクテルの街ともいわれる旭川だが、かつてあちこちにあったホテルのバーは時代の流れと共に姿を消し、今はこの一店舗しかないという。

店内は大きな窓からきらめく夜景を眺められ、ロマンチックな雰囲気だった。律はバーボンのロック、渚はモヒートをオーダーして乾杯したが、先ほどビールや日本酒を飲んだ渚は既に酔っているらしい。

どこか気だるげに息をつく様子は思いのほか色っぽく、律の中で劣情が刺激された。三杯目の酒がなくなる頃、バーテンダーが他の客のところに行ったタイミングで、律は口を開いた。

「──渚」

「はい？」

「このあと部屋を取ってもいいか？」

直截的な言葉を聞いた彼女が目を丸くし、かあっと頬を赤らめる。

「……あの……」

「ちゃんとつきあい始めてから十日ぐらいが経つけど、今までなかなかそういう機会がなかったよな。本当は顔を合わせるたびに『触れたい』って考えてて、でも時間的に難しくて悶々としてた。そうやってやきもきしてたのは、俺だけか？」

するとと渚が恥ずかしそうにうつむき、小さな声で答えた。

「わたしも……律さんにくっつきたいです」

狼狽した様子からは彼女の羞恥が伝わってきて、律はぐっと気持ちを引き寄せられる。

彼女が同意してくれたのなら、躊躇う理由はない。このホテルはグレード的に納得いかないため、律は考え込みながらスマートフォンを取り出した。

（ラブホテルとかは論外だから、それなりのところがいいな。でもこのあいだのホテル以外ではなかなかいいところがないし、どうしたもんか）

なまじ一流ホテルをマネジメントする部署で働いていただけに、こういうときに妥協できないのが厄介だ。すると渚がこちらの手元を見つめ、問いかけてくる。

「もしかして、ホテルとか探してますか」

「ああ」

「よかったら、わたしのアパートに来ませんか？」

思いがけない提案に驚き、律は顔を上げて問い返す。

「渚のアパート？」

「はい。この近くなので」

確かに彼女は元々独り暮らしをしていて、今は悠の世話のために一時的に実家に戻っているものの、そのあいだの家賃は義父が支払ってくれていると聞いている。

律は確認するように言った。

「いいのか？」

「はい。狭いところですけど」

会計を済ませ、ホテルの外に出る。

渚のアパートは旭川駅から徒歩十分ほどのところにあるらしく、タクシーを使った。

築五年だという建物の二階に上がり、奥の部屋の鍵を開けた渚がこちらを見て言う。

「どうぞ」

「……お邪魔します」

中に入ると、まだ新しい建物の匂いが鼻腔をくすぐった。

間取りは八畳のリビングと五畳の寝室で、清潔感のある内装だ。ナチュラルなインテリアはいかにも女性の独り暮らしらしい雰囲気で、渚が窓を開けながら言った。

「週に一度、義父が悠のお迎えをしてくれる日に戻ってきて、郵便物とかのチェックをしてるんです。今お茶を淹《い》れますから、どうぞ座ってください」

律は腕を伸ばし、他の部屋の窓を開けるべく戻ってきた彼女の身体を引き寄せる。

「あ……っ」

華奢な身体がすっぽり腕の中に収まり、律の中の庇護欲《ひごよく》を掻き立てる。

改めて恋人同士になって約十日、渚を抱いたのはこれまで一度だけだ。実家暮らしで悠の世話があるという都合上、食事をしたり飲んだりということはあっても、ホテルには誘えずにいた。

だが理香が実家に戻ったことでそうした家庭の都合から解放された今、ようやく〝恋人〟らしい時間を持てる。腕の力を緩めた律は、彼女の唇を塞いだ。

「ん……っ」

柔らかな唇に触れた途端、強い飢餓感が募る。

口腔に押し入って舌を絡めると、渚がくぐもった声を漏らした。蒸れた吐息を交ぜ、何度か角度を変えて口づける。ようやく唇を離した途端、彼女が潤んだ瞳でこちらを見る。

「律さん、シャワー……」

「あとでいい」

ドアを開け放したままだった寝室に入り、ベッドに渚を押し倒す。

改めて彼女を見つめると、顔立ちは清楚《せいそ》に整っており、酒でほんのり赤らんでいるのが可愛らしかった。その瞳にはこちらへの抑えきれない恋情がにじんでいて、律はその頬を撫でてささやく。

「このあいだ渚が俺と別れたあとに誰ともつきあってなかったと聞いて、そこまで深く傷つけたことを深く反省した。でもその一方で、うれしくもあったんだ。俺以外の男がこの身体に触れてないことに」

「あ……っ」

首筋に口づけながら、手のひらで胸のふくらみを包み込む。やわやわと揉むと程よい弾力が手のひらに心地よく、渚が息を乱した。

それから律は、時間をかけて彼女の身体を愛撫した。まだ行為に慣れていない渚は最初のうちは緊張で身体をこわばらせていたものの、やがて押し殺した声を漏らし始める。

ほっそりとした体型やすべらかな肌、甘い声は律の劣情を煽り、早く中に押し入りたい気持ちをぐっとこらえた。

「……っ、律さんも、脱いで……」

彼女に請われるままネクタイを引き抜き、ワイシャツを脱ぎ捨てる。

渚の身体に覆い被さると、触れ合う素肌の感触に彼女が陶然とした視線を向けてきた。改めて唇と手のひらで丁寧に肌に触れ、律は避妊具を着けて渚の中に押し入る。

「あっ……！」

中は狭く、わななきながら昂《たか》ぶりを締めつけてきて、律に得も言われぬ快感を与えた。

乱暴にならないように気をつけつつ、律動を開始する。動くうちに少しずつ中が馴染み、抽送がスムーズになって、彼女が切れ切れに声を漏らした。

やがてどのくらいの時間が経ったのか、律が渚の最奥で果てたとき、互いに汗だくだった。まだ整わぬ息の中、彼女の乱れた髪を撫でた律は、吐息交じりの声でささやく。

「――ごめん、もう一回」

「えっ……」

「全然治まらない」

立て続けに二度抱くとようやく満足し、律は渚の身体を抱き寄せて束の間眠りに落ちた。

ふと目が覚めると一人でシングルサイズのベッドにいて、律はぼんやりと考える。

（渚がいない。シャワーでも浴びに行ったのか……？）

わずかに身じろぎすると、半分ほど開いたドアからリビングの様子が見える。

そこでは渚がスマートフォンを手に、何やら操作していた。その動きからメッセージを打っているように見え、律はふと眉をひそめる。

（そういえば、食事をしているときもバーにいるときも、渚のスマートフォンに何度も着信があったっけ。ずっと通知のランプがチカチカしているのに何も返そうとしないから、不思議に思ってたけど……）

自分が寝ているときにこっそり返信しているということは、こちらに知られたくない相手なのだろうか。

例えばそれが家族や友人なら、目の前で返してもいいはずだ。そもそもそこまでの頻度で連絡してくる相手がどんな関係なのか、律には皆目見当がつかない。

「――……」

渚の行動は、律の心にポツリと小さな波紋を広げた。

彼女に直接「連絡をしてきているのは、一体誰なんだ」と聞けばいいのかもしれないが、そうすると自分の狭量さを示すようで口に出せない。

そんなことを考えているうち、小さく息をついてスマートフォンをテーブルに置いた渚がソファから立ち上がった。そしてこちらに向かって歩いてきて、律は咄嗟に眠ったふりをする。

寝室に入ってきた彼女がベッドの下に落ちているシャツやスラックスを拾い上げている気配がして、律は目を開けて問いかける。

「ごめん、寝てた。今何時だ？」

「十一時半です」

「明日も仕事だから、そろそろ帰るよ」

ベッドから起き上がった律は、渚から受け取ったワイシャツとスラックスを順番に身に着ける。

ネクタイを締めてスーツのジャケットを羽織り、乱れた髪を手櫛《てぐし》で直していると、渚が問いかけてきた。

「タクシー、呼びましょうか」

「いや。大きい道に出れば何台か走っているはずだから、わざわざ呼ばなくていいよ」

彼女は既にシャワーを浴びたらしく、少し湿った髪でカジュアルな部屋着姿だ。化粧を落としたその顔はどこかあどけなく、高校生の頃を彷彿《ほうふつ》とさせて、律の胸が疼いた。

「律さん？　……あっ」

引き寄せて腕の中に抱きしめた途端、いとおしさが募る。

再びつきあい始めてから愛情は強まる一方で、今度こそ渚を幸せにしたいという気持ちに嘘はない。だが先ほど見た光景が引っかかっていて、モヤモヤとした思いが心の中にあった。

腕の力を緩めた律は、渚の顔をじっと見つめる。すると彼女が、恥ずかしそうにモソモソと言った。

「あの、もうメイクを落としちゃったので、あんまり顔を見ないでください……」

「全然おかしくないし、むしろ可愛いけど」

「そ、そんなことないですよ。アラサーなんですから」

それを聞いた律は思わず噴き出しながら、心の中で「やはり渚を問い質すのはやめよう」と考える。

(せっかくつきあい始めのいい雰囲気なんだから、水を差したくない。渚には渚のつきあいがあるんだし、俺がいちいち口を出すのはお門違いだ)

そう考えつつ、律は微笑んで問いかける。

「渚は今夜、実家に帰らないのか?」

「はい。もう遅い時間ですから、帰宅して義父や理香さんを起こすと迷惑ですし。シャワーも浴びちゃったので、明日はここから仕事に行きます」

「まあ、本来の自宅はこっちなんだもんな。いつ本格的に戻るつもりなんだ?」

律の問いかけに、彼女が考え込みながら答える。

「向こうにだいぶ衣類などを持っていっているので、それを数日中にまとめて、金曜日辺りにこっちに戻ろうかと思っています」

「そうか」

玄関に向かい、靴を履く。

後ろを振り向いた律は、見送りにきた渚に顔を寄せ、触れるだけのキスをした。

「今日はこの家に招いてくれて、うれしかった。また連絡する」

「はい、気をつけて。……おやすみなさい」

＊＊＊

学習塾の事務員の仕事はデスクワークと立ち仕事が半々だ。

オンライン授業用のタブレットを一台ずつ拭いて充電器に差し込みながら、渚はため息をつく。本来なら律という彼氏ができたのだから、今は一番楽しい時期のはずだ。

しかしここ数日は、それを素直に喜べない日々が続いていた。

(当初の予定では、金曜日までに実家を出て元のアパートに戻るつもりだったけど。……今の状況だと難しいかもしれない)

義姉の理香が半年ぶりに実家に戻ってきたのは、六日前だ。

これまで音信不通だった娘の突然の帰宅に、普段は穏やかな誠一は激怒した。そして子どもを放置した彼女の無責任さを強く叱責した上で、悠の世話をすべて見るように申しつけた。

これまで誠一と渚で手分けしていたことを理香が一手に引き受ける形になったが、母親なのだから当然だ。渚は一気に肩の荷が下り、実家に置いてある荷物をまとめて週末に自分のアパートに戻ろうと考えていた。

しかしここにきて、その計画に暗雲が立ち込めている。

（理香さん、働かないで家にいるのに家事をまったくしない。洗濯物は溜まり放題だし、掃除もろくにしないし、食事だって買ってきたものだし）

理香が戻ってきてからというもの、それまで片づいていた実家が一気に汚くなった。彼女はとにかく家事を怠け、使い終わった洗面所や風呂場はいつも水浸しになっている。彼女の長い髪の毛があちこちに落ちているのに掃除をせず、ゴミも基本的にその場に放置だ。

悠の保育園の送り迎えだけは渋々やっているものの、料理はまったくせず、台所は使用済みの食器とコンビニの弁当のゴミで溢れていた。

そんな娘を誠一は強く叱責するものの、当の理香には暖簾《のれん》に腕押しだ。「はいはい」と軽く聞き流し、常にスマートフォンを弄《いじ》っていて、悠の世話をまったくしない。

最初は「理香にすべてやらせるから、渚ちゃんは家のことを何もしなくていい」と義父に言われていたものの、あまりの惨状を見かねた渚はつい片づけに手をつけてしまった。

するとそれに味を占めた理香は、誠一がいなくなったあとで「家のことはあんたのほうが得意なんだから、やっておいてね」と言ってこちらに丸投げするようになった。

渚が数日中に自宅に戻ると告げると、彼女はせせら笑って言った。

『あんたがいなくなったら、この家はもっと汚くなっちゃうかもよ。悠のご飯もコンビニになるし、洗濯もあんまりしなくなるしさ。それでもいいの?』

まるで脅しのような言葉に、渚はムッとして言い返した。

『それらは本来すべて理香さんがやるべきことで、わたしを脅すのは筋違いです。母親として悠のお世話をすることや、家事をこなすのは、家にいるんですから当たり前のことですよね』

『だからー、適材適所だって言ってんの。私はそういうことが苦手、あんたは得意。だったらできるほうがやったほうが効率的でしょ』

『わたしは元々アパートを借りて独り暮らしをしていて、お義父さん一人で悠のお世話をするのが難しいため、一時的に同居して手伝いをしていただけです。だからこの家の家事をすることは、義務ではありません』

するとと理香がスマートフォンを弄りながら、事もなげに言った。

『だったらそっちの住まいを解約して、この家で暮らせばいいじゃん。家賃もかからないし、お得でしょ？』

今朝のそうしたやり取りを思い出し、渚はムカムカした気持ちを押し殺す。

理香は昔から奔放な性格だったが、それは数年経っても変わっていない。むしろ無責任さが増して、手が付けられない状態になっている。

（わたしが家事に手を出したのがいけないのかな。でもあんな荒れ果てた状態を放置したら、仕事から帰ってきたお義父さんが片づけることになる。悠にも悪影響だし、どうしたらいいんだろう）

悠は母親の理香が戻ってきて喜ぶかと思いきや、あまり彼女に近づこうとしない。むしろビクビクしていて、理香の気配を窺いつつ息を殺すようにテーブルに向かってドリルをやっていた。

一緒に暮らして半年、ようやく子どもらしく無邪気に笑うようになっていたのに、今の悠は出会った頃にすっかり逆戻りしている。

（理香さんの存在は、悠にとってあまりよくないのかもしれない。あんなに萎縮して、

常に様子を窺ってるなんて普通じゃないもの。でも母親はあの人だし、どうしたらいいんだろう）

こんな状態で実家を出てアパートに戻るのが、はたして正しいことなのだろうか。

悠のためを思えば、理香の代わりに家事をする自分がいたほうがいいに違いない。

義父に負担をかけすぎないためにも、今までどおりの生活をするのがベストだ。

だが渚がいることで理香が怠けているのも事実で、彼女に最低限の家事と育児をやらせるためには、自分が実家を出たほうがいいという考えもある。

（でも……）

渚が実家を出る話を誠一としていたとき、それを聞きつけた悠が「なーちゃん、どこかに行っちゃうの？」と不安そうに問いかけてきた。

誠一が「なーちゃんは、自分のおうちに帰るんだよ」「でも近くだし、いつでも会えるから」と説明すると、悠は涙をポロリと零して言った。

『なーちゃんがいなくなったら、ぼく、さびしいよ。ずっとここにいちゃいけないの……？』

あのときの彼の顔を思い出すと、渚の心は痛む。

悠にしてみれば、祖父と渚と三人の生活に慣れたところで突然そんなことを言われ、ひどく不安になってしまったに違いない。だが彼がこちらに依存心を抱いているのなら、いつまでも渚が実家に居座るのは逆効果だ。わかってはいるものの、渚は後ろ髪を引かれる思いになってしまう。

ため息をついて空き教室を出ると、事務のアルバイトの女性が「狭山さん、入力でわからないところがあるんですけど」と声をかけてきて、渚は答えた。

「はい、今行きます」

その瞬間、ポケットの中でスマートフォンが振動し、渚の心臓が嫌なふうに跳ねる。仕事中にわざわざ確認することはないが、最近着信があるたびにひどくストレスを感じるようになったのは、塾生である川口のせいだ。トークアプリのＩＤを教えて以来、彼の渚に対する連絡の頻度は増えるばかりだった。

内容は日々のストレスや将来の不安で、こちらがどんなにアドバイスしてもそれ以上話が進展することはない。

どうやら吐き出すことである程度満足しているようだが、ネガティブな内容をぶつけられる側としてはたまったものではなかった。渚は何度も「身近な大人に相談したらどうか」「そのほうが、ストレスなく日常を過ごせるようになる」とアドバイスしたものの、川口は変わらなかった。

（このあいだは律さんと一緒にいるときに何度もメッセージがきて、すごく焦った。わたしが返信しないのを不思議に思ってたみたいだし）

一度反応するとメッセージの頻度が上がるため、最近の渚は時間の余裕があるときしか返信しない。

本当はもう逃げ出したい思いが強く、いっそ誰かに対応を丸投げしてしまいたい気持ちにかられるものの、「それは無責任だ」という思いが渚を踏み留まらせていた。彼は自分を信頼できる大人だと認識して頼っているのだから、きちんと向き合わなければならない。

塾の生徒である川口と個人的に連絡を取り合っていることは、律には話せていなかった。もしそれを知れば、迂闊《うかつ》に個人的な連絡先を教えたことや渚の脇の甘さに幻滅される気がする。

（ああ、もう。理香さんのことや川口くんのことで、胃が痛い。どうしてわたし、こんなに厄介事ばかり抱え込んじゃうんだろう）

火曜日に律と寿司屋とバーでデートをしたあと、アパートで抱き合ってから、彼とは今日で三日会っていない。

本格的に旅館の経営改善に着手し始めた律は、自ら宿泊客の応対をしたり従業員たちを現場で直接指示するようになり、毎日目が回るほど忙しいらしい。

社長である父や番頭の長田、各部署の責任者たちと会議を重ねつつ、少しずつ計画を修正しているといい、毎日遅くまで頑張っていると聞いている。

そんな状況では渚と会う時間を作るのが難しく、彼と連絡を取るのはメッセージと電話に限られていた。多忙な律を煩わせる気は微塵もないものの、まだつきあい始めの時期になかなか会えず、渚はほんの少し寂しさをおぼえていた。

（でも、しょうがないよね。律さんは今が踏ん張りどきだし、わたしも実家の家事で忙しいし）

旅館の立て直しのために奔走している律には、こちら側の事情は言えない。

おそらく親身になって話を聞いてくれるだろうが、彼に心配をかけたくない渚は自分で何とかするしかないと考えた。

（理香さんが家事を丸投げしてくることに関しては、お義父さんに相談してみよう。川口くんには改めて状況を変えるための提案をして、それでも変わらなければ塾長に話す）

そう結論づけた渚はオフィスに戻り、アルバイト事務員の質問に丁寧に答える。

そして午後五時に退勤し、更衣室でスマートフォンを開くと、仁美から「あとで話せる？」というメッセージがきているのに気づいた。

（さっきの着信、仁美だったんだ。どうしたんだろ）

制服から私服に着替え、ロッカーを閉めて更衣室を出た渚は、エレベーターに乗り込む。そしてスマートフォンを操作し、仁美に電話をかけた。

「もしもし、仁美？　今仕事が終わったんだけど」

『私、駅前のカフェにいるんだ。これから会える？』

渚は「いいけど、一体どうしたの？」と聞くものの、彼女は答えない。

指定されたカフェは、職場から歩いて五分ほどのところにあった。店内に入り、アイスコーヒーを注文した渚は、トレーを持って周囲を見回す。

すると奥の席に仁美がいるのが見え、そのテーブルに向かった。

「待たせてごめんね」

「ううん、お疲れ」

彼女の横にはコスメブランドの紙袋があって、街中まで買い物に出ていたのがわかる。向かいの席に座った渚は、アイスコーヒーにミルクを入れながら口を開いた。

「仕事中にメッセージがきてたから、てっきり川口くんかと思ってドキッとしちゃった」

「あー、例の子？　まだべったりされてるんだ」

「うん。ミュートしたらたぶん向こうにもわかっちゃうし、できるかぎり返信はしてるの。でも、彼の問題を解決する糸口がなかなか見つからなくて」

しばらく川口について話した渚は、話題を切り替えた。

「上倉旅館のほうは、本格的に経営改善に取り組み始めたんでしょ。先輩も旅館で陣頭指揮を執ってるって聞いたけど」

「そうらしいね。リストラ対象者を募ったら、結構いいペースで自己申告してきてくれてるみたい。お父さんが『自己申告者には、退職金に色をつける』って提案したし、パート従業員は年配の人が占めてるから、辞めるのにいい機会だって考える人が多いようだって」

「そう」

「それで、実はさ」

仁美がテーブルに身を乗り出し、躊躇いの表情で言う。

「今日の昼間、お兄ちゃんにお客さんがあったんだよね。住居のほうを訪ねてきて、たまたま私が対応したら、『上倉律さんはいらっしゃいますか』って」

「うん」

「二十代後半くらいの、コンサバ系の恰好の人でさ。いかにも都会的な雰囲気の美人で、確か中村《なかむら》って名乗ってたかな。そのときお兄ちゃんは旅館のほうにいて、電話で来客を告げたらすぐに住居に戻ってきた」

彼女の姿を見た律は驚き、「香枝《かえ》、どうしてここに」とつぶやいていたという。

中村を自宅に上げた律は、彼女を応接間に通した。家政婦の森野がお茶を出し、襖を閉めたというが、何と仁美は二人の会話を廊下からこっそり聞いていたらしい。

それを聞いた渚は、ぎょっとして問いかけた。

「廊下で話を聞いてたって、何でそんなことしたの？」

「だってお兄ちゃん、その人のこと下の名前で呼んでたんだから、気になるじゃん。絶対普通の関係じゃないと思って」

仁美いわく、中村は律に会うためにわざわざ休暇を取って北海道まで来たようだ。

彼女は「律と別れてから、時間が経てば経つほどあなたのことを考えるようになった」と語っていたといい、渚は呆然とつぶやいた。

「それって……」

「うん。やっぱお兄ちゃんの元カノだったみたい」

中村は「ここがかなりの田舎で驚いたんだけど、あなたはまた東京に戻る気はないの？」と律に尋ねており、彼は「確かにここは田舎だし、他の大都市とは集客数が比べ物にならない」と答えていたらしい。

「お兄ちゃん、そのあと『東京での暮らしを、懐かしく感じる』って話してたんだ。でもちょうどそのタイミングでお母さんが帰ってきたから、応接間の前から離れざるを得なくなっちゃった」

「………」

「二人の会話を聞いてて思ったんだけど、お兄ちゃんって十一年も東京にいた人だし、たぶんこっちに戻ってきていろいろ幻滅した部分があったんじゃないかな。都会の大きなホテルでコンサルをしてたんだから、絶対向こうの暮らしのほうが華やかでしょ。もしかすると、うちの旅館の経営改善を終えたら東京に戻るつもりなのかも」

思いがけない仁美の言葉に、渚は「えっ」とつぶやき、彼女を見る。

律は前の会社を辞め、実家の旅館を継ぐつもりでこちらに戻ってきたと聞いていたが、違うのだろうか。

（しかも今は……わたしとつきあってるのに）

すると仁美が、真剣な表情で言った。

「思い出してみてよ。お兄ちゃんは、十一年前にあんたをあっさり捨てた男だよ？

元々そりが合わないお父さんにお願いされて戻ってきて、何とか旅館の経営を立て直せば恩を売れる。お父さんはあと十年くらいは経営者として頑張れるだろうし、結果を出したお兄ちゃんが『いずれ旅館を継ぐときまでは、東京で仕事をしたい』って言えば、昔と違って反対はしないでしょ。きれいな元カノが待っててくれるんだもん、やっぱりあっちに戻るつもりなんじゃないかな」

渚の心臓が、ドクドクと速い鼓動を刻む。

律の元交際相手がわざわざ訪ねてきたのだと知り、大きなショックを受けていた。渚はかつて彼に振られたのが心の傷となって今まで誰ともつきあわなかったが、律は自分をさっさと忘れ、他の女性と交際していたのだ。

その事実を生々しく想像し、心がぎゅっと締めつけられる。

（わたしのことを忘れられなかったみたいに言ってたけど、それって嘘だったのかな。実際は他に恋人を作って、その人とよろしくやってたんだし。それに……）

東京での暮らしに未練を持っているというのも、渚にとっては大きな裏切りに思えた。

もし律が東京に戻るのなら、自分はまたこの地に置いていかれることになる。そう考えると、かつて味わった苦しみがまざまざとよみがえり、胸が苦しくなった。

（律さんは、またわたしを捨てる気なの？　「好きだ」って言ったのはただのリップサービスで、都合のいい女にすぎなかった……？）

周囲のざわめきが遠ざかり、自分の心臓の音しか聞こえなくなる。

目の前のアイスコーヒーのグラスを食い入るように見つめる渚に、仁美が同情の眼差しを向けて言った。

「何か、ごめんね。本当はこんなこと言いたくなかったけど、わざわざ訪ねてきたのが元カノだってわかったら、やっぱり渚に黙ってるわけにはいかないと思ってさ。そもそもお兄ちゃんがこっちに戻ってくることになったときから、私はあんたがあの人と関わるのを反対してたよね？　昔みたいに傷つくところを見たくないって思ってたら、案の定じゃん」

「………」

「あんな薄情な男、もうやめときなよ。渚にはきっともっといい出会いがあるって」

彼女の気遣いが心に沁みて、渚はかすかに顔を歪める。

律と再会し、大人になった彼に心惹かれて、再びつきあい始めたときは本当に幸せだった。だが東京にいたときの律に恋人がいたこと、今後また向こうに戻る可能性がある事実は、渚を深く傷つけていた。

（わたし、馬鹿だな。聞こえのいい言葉に騙《だま》されて、あっさり身体まで許しちゃうなんて。今も昔も、どんだけチョロいんだろ）

恋愛経験のなさが仇《あだ》となり、まんまと律に絆された自分が情けない。

それだけではなく、そもそもお人好しがすぎるからこそ、理香や川口にも都合よく利用されてしまっている。そう思うと、現在抱え込んでいる事案の何もかもが嫌になり、やるせなく微笑んだ。

「……何だか疲れちゃった。自分はもう少し要領がよくて賢い人間だと思ってたけど、そうじゃないのを思い知らされた感じ」

「まあ、そういうところが渚の長所だと思うよ。いつもニコニコしてて、人を疑うことを知らないお人好しっていうのが、私と大違い」

そう告げる仁美は、昔から言葉が尖っているものの、何だかんだと面倒見がいい。

そんなふうに考えながら、渚は「もう律と会うのはやめよう」と決意した。

（今回帰ってきたのが律さんにとって一時的なもので、わたしが東京に戻るまでの暇潰しの相手にすぎないなら、もうあの人に会わないほうがいい。つきあい始めたのは最近だし、傷が浅いうちに距離を取ろう）

本当は彼を信じたい気持ちがないわけではないが、渚の中にはかつて深く傷つけられたときのトラウマが根深く残っている。

今以上に深入りして捨てられたら、今度こそ立ち直れない。ならば自分から線を引いて遠ざかったほうが、精神的には楽だ。

すると仁美が、渚を励ますように明るい口調で言った。

「あんまり思い詰めずに、何か気晴らししたほうがいいよ。これから飲みに行く？」

「仁美の誘いはありがたいけど、たぶん理香さんは悠のご飯を作ってないだろうから、帰ろうかなって」

「そうやって結局手を出すから、理香さんは何もしないんじゃないの？　もう放っておけばいいのに」

「大人だけなら家が荒れようと自己責任だけど、悠がいるんだからそういうわけにいかないよ」

車で来ているという仁美に家まで送ってもらうことになった渚は、彼女と一緒にパーキングに向かう。

資産家である上倉家には三台の高級車があり、家族がその日の気分で使う車を選んでいて、今日の仁美はスポーツカータイプの車に乗っていた。彼女は離婚して実家に戻ってきて以降は働いていないにもかかわらず、頻繁に出掛けては服やコスメを買ったり、エステやネイルサロンに通ったりと優雅な生活をしている。

そのため、上倉旅館が経営危機だと聞いたときは驚いたが、律が前職での知識やノウハウを生かして策定した改善計画をスタートさせたばかりだ。

（もし旅館の経営が上手く軌道に乗ったら、律さんは東京に戻るかもしれないんだよね。……それは半年後か、一年後くらいかな）

それだけの期間、彼の存在を身近に感じ続けるのだと思うと、胃がキリキリする。いっそ自分がこの街を離れたいくらいだが、悠のことを考えるとそんなことはできず、渚は袋小路に入り込んだような気持ちになっていた。

二十分ほど走り、自宅の前まできたところで、仁美が車を緩やかに減速させる。彼女は運転席からこちらを見つめ、気遣う口調で言った。

「さっきも言ったけど、あんまり思い詰めないでね。愚痴ならいくらでも聞くから、夜中でもいいから連絡して」

「うん、ありがと。……またね」

――それから渚は、自分から律に連絡を取るのをやめた。

メッセージは時間が経ってから既読にし、電話には出ない。すると三日後の月曜の夜に自宅に電話がきて、彼が心配そうに言った。

『スマホに電話しても出ないから、家のほうにかけたんだ。何かあったのか？』

「いえ、特には」

『でも電話に出ないなんて、おかしいだろう。メッセージもなかなか返さないし』

「実は家のほうで、バタバタしていて。だから連絡を取り合うのとかが、ちょっとしんどいんです。すみません」

律に元交際相手のことを直接問い質さないのは、彼に事実だと認められてしまうのが怖いからだ。

わざわざ真実を本人の口から聞かされて傷つくより、徐々に距離を取ったほうがいい。律がこちらへの興味を失くし、自然な形でフェードアウトできれば万々歳だ。

そんなふうに考えていたものの、彼は思いのほか食い下がってきた。

『俺に手伝えることがあったら、何でも言ってほしい。話ならいつでも聞くし、遅い時間でもいいから会おう』

「大丈夫です。律さんも今は旅館の仕事で忙しいんですから、そちらに集中してください。じゃあ」

一方的に話を打ち切った渚は、電話の子機を置き、かすかに顔を歪める。

先ほどの会話では律はとても誠実に感じたが、それは騙されているだけだ。彼は自分を弄んでいる人間で、戯れに優しくしてくれているにすぎない。

小さく息をついたところで、居間に悠の寝かしつけを終えた誠一が入ってきた。渚は顔を上げ、彼に向かって言う。

「お義父さん、ちょっとお話しいいですか」

「ああ、うん。僕も渚ちゃんと、話をしなければと考えていた。今お茶を淹れてくるよ」

彼が台所でコーヒーを淹れ、マグカップを二つ持って戻ってくる。

ちなみに理香は夕方に「ちょっと出掛けてくる」と言って外出し、午後八時半になる今も戻ってきていない。

ソファに座った誠一が、こちらに頭を下げてきた。

「まずは謝らせてほしい。理香が君に迷惑をかけてしまって、本当に申し訳ない」

「…………」

「この半年間、僕は彼女に再三『戻ってきなさい』と連絡していたが、それは母親として悠を放置していたからだ。あの子の養育は親である理香がするべきで、他の人間にさせるのは間違っている。それなのに渚ちゃんは僕を気遣ってわざわざこの家に戻り、悠の世話をしてくれた。感謝してもし尽くせない」

誠一は数年ぶりに帰ってきた理香に対し、甘い態度は一切見せていない。

そして渚が自分のアパートに戻ることを推奨していたものの、実際の理香は怠けるばかりで家事や育児をほとんどしていないのが現状だ。彼はそれを黙認していたわけではなく、何度も口を酸っぱくしてやるべきことをするように告げていたのを知っている渚は、目を伏せて言った。

「お義父さんが理香さんに厳しく注意していたのは、わたしも知っています。でも何度言っても彼女は家事をせず、見かねたわたしが仕方なくやると、嬉々としてこちらに丸投げしてくるようになりました」

「理香は、やっぱり渚ちゃんに家のことをやらせていたのか」

「はい。わたしもかなり言い返しましたし、大人だけならわざわざ手を出すことはありませんでしたけど、この家には悠がいます。あの子がろくなものを食べさせてもらえなかったり、洗濯されていない服を着たりするのはかわいそうです。ですからこの家の家事を放棄できず、アパートに戻れないまま今日まできました」

渚は一旦言葉を切り、改めて口を開く。

「実は今日、仕事から戻って部屋に入ったら、わたしの私物に触られた形跡がありました。郵便局の通帳や印鑑が入っているポーチの中身が乱れていたんです」

「……何だって」

「たぶん触ったのは、理香さんだと思います。まだ残高の確認ができていませんけど、もしかしたら通帳と印鑑を勝手に持ち出して、お金を下ろされたかもしれません」

するとそれを聞いた誠一が、呆然としてつぶやく。

「そんな……理香がそこまでしたと」

「すみません。悠が触ったとは思えませんし、状況的に理香さんだとしか思えないんです。証拠を見せろと言われたら、それこそ指紋を採るとかしかないんですけど」

それを聞いた彼が、慌てて首を振って言う。

「ああ、いや。渚ちゃんの言葉を疑っているわけじゃないんだ。ただ、我が娘ながらそこまでするのかと失望して……。本当に申し訳ない」

泣きそうな顔で深く頭を下げられた渚は、誠一に「顔を上げてください」と告げる。

「お義父さんが謝ることじゃありません。理香さんはとっくに大人で、自分の行動に責任を取るべき年齢なんですから。本当にお金を取られたかどうかは残高確認をしなければわかりませんけど、その件は別にしても、今のままで彼女と生活を共にするのは無理です」

「そうだな、僕もそう思う。理香がこれ以上家事と育児を僕や渚ちゃんに丸投げするなら、この家にはもう置いておけない。すぐに出ていってもらおうと思っている」

彼は「ただ」と言い、苦渋に満ちた顔で言葉を続ける。

「気がかりなのは、悠のことだ。母親である理香があの子を育てるのが当然だが、この家から追い出された彼女がきちんと子どもの面倒を見るとは思えない。悠にとっては、間違いなく劣悪な環境になってしまう」

「確かにそうですね」

渚の中でも一番の懸念は、悠のことだ。

この家から理香を追い出し、母子二人で生活するように申し渡すのは簡単かもしれないが、もし悠がネグレクトされたらと思うと想像するだけで胸が痛む。

かといって今までどおりこの家で養育するのも大変で、互いに沈黙してしまった。

やがて誠一が、重い口を開いた。

「この半年ほどは理香と連絡が取れなかったから、僕が悠を引き取る形で面倒を見てきた。一人では手が回りきらず、渚ちゃんに住み込みで手伝ってもらっていたが、いつまでもこんな生活を続けるわけにはいかないと思っていたんだ。だって君はまだ独身で、勘違いだったら申し訳ないが、上倉さんの息子さんとつきあい始めたんだろう？　血の繋がらない甥の世話で手一杯で、プライベートがまるでないというのは、あってはならない」

「お義父さん、それは……」

「今まで渚ちゃんに甘えすぎていたが、君はもうこの件からきっぱり手を引くべきだ。今後の悠の養育に関しては、僕と理香で話し合ってどうするかを決める。それから郵便局の口座についても、もし彼女が勝手に通帳を持ち出して金を盗んだのなら、必ず責任を取らせるつもりだ。まずは理香と話す時間をくれないかな」

誠一が本気で理香と向き合い、現状を改善しようとしているのを感じて、渚はそれ以上の言葉をのみ込む。

最優先されるべきは悠の幸せで、彼がつらい思いをするようなことはあってはならない。そのためには誠一が理香としっかり話し合い、今後どうやって生活していくかを決めるのが一番だ。

自分は一歩引いたところから成り行きを見守り、話し合いの結果が出るのを待とう——そう決意した渚は、目の前の義父を見つめて頷いた。

「……わかりました」

第七章

一方的に通話が切られ、律は耳からスマートフォンを離す。

ディスプレイに表示されている番号は〝渚　実家〟となっており、通話時間はわずか一分だった。あまりに素っ気ない対応を思い起こし、律はじっと思案する。

（昨日から渚にメッセージを送っても既読が極端に遅くなって、電話にも出ない。だったらと自宅にかけたらものすごく淡々とした態度だったが、俺は彼女に何かしたか？）

渚に最後に会ったのは、先週の火曜日だ。

仕事が終わったあとに街中で待ち合わせ、デートをした。寿司屋とバーに行ったあと、彼女のアパートで抱き合い、互いに満ち足りた時間を過ごした。

しかしそれから律は旅館の仕事で忙しくなり、月曜の今日に至るまで渚と会う時間を作れずにいた。旅館の若旦那として接客し、各部署の責任者たちと連日会議をして業務改善案をフレキシブルに変更しているためで、帰宅も遅い。

そんな中、彼女とメッセージでやり取りしたり、電話で話すことは、律にとって癒やしとなっていた。電話越しに渚の声を聞くだけで張り詰めていた緊張が緩み、素の自分に戻れる。会話の内容はその日の出来事や他愛《たわい》のない世間話だが、多忙な中でかけがえのない時間になっていた。

(でも……)

先週の金曜からメッセージの既読がなかなかつかなくなり、電話をかけても出ない。週末を含めて三日ほどそんな状態が続き、不審に思った律は先ほど自宅のほうに電話をかけたものの、渚は連絡できない理由を「家のことでバタバタしている」と説明していて、律はにわかに心配になった。

もしかして彼女は、義姉と揉めているのだろうか。聞けば理香はかなり奔放な人物で、親に何の報告もせず息子の悠を生んでいたり、その父親の名前がわからなかったり、実家に連れてきて放置していくなど非常識な行動が多い。

悠の母親が戻ってきたため、渚は実家を出て先週の金曜日に元のアパートに戻る予定だと話していた。だが電話ではそんな気配はまったくなく、律はじっと考える。

(もしかすると、その義姉さんは実家に帰ってきたにもかかわらず、悠の面倒を見てないのかもしれない。それで渚はアパートに戻れず、揉めている……?)

ならば理香の父親である誠一がしっかりするべきだが、彼らの間でどういう話になっているのか、律にはまったくわからない。

本来なら渚は実子ではない悠の面倒を見る義務はなく、当事者たちで解決するべき問題だ。だが律自身、悠とは何度も顔を合わせて交流してきただけに、彼が不幸になる事態は避けたいと考えてしまう。

(たぶん渚も、同じ気持ちなんだろうな。悠への愛情があるからこそ見捨てられないし、無責任な行動が目立つ義姉にすべてを任せられないでいる)

だとしたら、彼女は今かなりのストレスを抱えているのではないか。

そう思うと居ても立ってもいられなくなり、律は車のキーを手に外に出る。時刻は午後八時半過ぎで、外はすっかり暗くなっていた。ここから渚の実家までは、車で数分の距離だ。

彼女に会って、話がしたい。ほんのわずかな時間でも顔を合わせ、互いの近況を語りたかった。夜の往来は行き交う車もまばらで、街灯がぼんやりと辺りを照らしていた。

渚の自宅の前で車を停めた律は、家に電話をかける。すると「はい、狭山です」と出たのは年配の男性の声で、丁寧に挨拶した。

「夜分遅くに申し訳ありません。上倉と申しますが、渚さんはご在宅でしょうか」

『ああ、上倉旅館の……。先日は悠を遊びに連れていっていただいて、ありがとうございました。普段馴染みのないところに連れていってもらえて、あの子は本当に喜んでおりました』

渚の義父の誠一と律はこれまで一度も面識がないが、電話で話している印象ではとても柔和な人物だ。

律が「楽しんでもらえて、よかったです」と告げると、彼は笑って電話越しに言った。

『今渚ちゃんに代わりますので、少々お待ちください』

保留音に切り替わり、しばらく待つと、「もしもし」という声が聞こえる。律は口を開いた。

「渚か？　俺だ」

『……何のご用ですか』

「今、家の前にいる。少し車の中で話せないか」

するとしばしの沈黙のあと、渚が「わかりました」と答える。

それから待つこと約一分、自宅の玄関ドアが開き、彼女がやって来た。こちらの車に歩み寄った渚が助手席に乗り込んできて、律は口を開く。

「いきなり来てごめん。顔を見て話したかったから」

「……………」

助手席でうつむきがちに座る彼女は、黙して答えない。

どこか頑なな様子に、律は自分が昨日から抱いている違和感が強まるのを感じた。

カチカチというハザードランプの音が響く中、渚のほうに身を乗り出した律は、彼女に問いかける。

「さっき電話で『家のほうがゴタゴタしてる』って言ってたけど、お義姉さんのことで何かあったのか?」

「悠の世話をしないので、ちょっと喧嘩になったんです。でもお義父さんが間に入ってくれてますから、大丈夫です」

それ以上詳しく話す気はないらしく、渚はそのまま沈黙する。その横顔を見つめ、律は再び口を開いた。

「だったら質問を変えるが、俺に対して何か怒っていることがあるなら、はっきりそう言ってほしい。この数日で素っ気ない態度になったけど、正直訳がわからない。確かに今週は仕事が忙しくて、なかなか会う時間が作れなかった。でも、渚を後回しにしてるとか蔑《ないがし》ろにしているんじゃなくて——」

するとぐっと唇を引き結んで押し黙っていた渚が、ポツリとつぶやいた。

「そんなに忙しいのに、元カノさんには会う時間があるんですね」

「元カノって……」

「わたしが何も知らないとでも思ってるんですか？　先週の金曜日、律さんのところに東京から元交際相手が訪ねてきたって聞きました。二人で話し込んで、親密にしていたとも」

意外な言葉に面食らいつつ、目まぐるしく考えた律は眉間に皺を寄せて言う。

「……渚にその話をしたのは、仁美か。余計なことを」

「余計って何ですか？　律さん自身に疚しいところがあるから、そう思うんじゃないですか」

「そんなことない。彼女は――」

律は説明するべく口を開こうとするものの、彼女はそれを強く遮った。

「律さんが『忘れたことはなかった』って言ってくれたとき、わたし、すごくうれしかった。十一年前の別れはお互いの事情が絡まり合った結果のことだったとわかって、今度こそ律さんを信じようって思ったんです。でも実際は他につきあう女性がいて、よろしくやってたんですよね。それなのにわたし、甘い言葉にコロッと引っかかって、

う。

あっさり信じるなんて馬鹿みたい」

渚の語尾がかすかに震え、それを聞いた律はぐっと顔を歪めると、語気を強めて言う。

「聞いてくれ。確かに俺は、東京に行ってから数人の女性とつきあった。それは渚とは完全に終わったと思っていたからで、旅館を継ぐためにこっちに戻るのはもっとずっと先のことだと考えていたからだ」

「……っ」

「でも、誰に対しても本気になれなかった。いつも心にはずっと渚の存在が引っかかっていて、就職してから仕事が最優先になった俺は、自分が恋愛向きではないんだと自覚してここ数年は誰ともつきあってない」

「でも上倉旅館まで訪ねてきた人は、思わせぶりな発言をしてたって仁美が言っていました。律さんはいずれ東京に戻るかもしれないとも」

渚の問いかけに、律は言葉を選びながら答える。

「彼女は四年前につきあっていた相手で、間宮ホテルグループの広報担当だ。俺が会社を辞めて北海道に戻ったと聞いて、たまたまこっちに出張の予定があったため、上倉旅館に興味を抱いて旭川まで足を延ばしたって言ってた」

中村香枝という名の彼女は、思い出話として「律と別れてから、時間が経てば経つほどあなたのことを考えるようになった」と語った。

『私、それなりに自信があるタイプだったから、つきあってからの律の素っ気なさに密《ひそ》かにプライドが傷ついてた。でも、別れてからふと思ったの。もしかしてあなたには忘れられない相手がいて、だからこそ熱のない態度だったのかもしれないって』

その指摘は的を射ていて、律は曖昧に言葉を濁した。

中村は「ここに来てみたらかなりの田舎で驚いたんだけど、あなたはまた東京に戻る気はないの？」と尋ねてきて、律は「確かにここは政令指定都市ではないし、他の大都市とは集客数が比べ物にならない」「だが地元の特性や料理などを前面に押し出せば、付加価値は充分に生み出せると思う」と答えた。

するとそれを聞いた渚が、かすかに顔を歪めて言った。

「どちらにせよ、律さんに過去何人かの彼女がいたのは事実なんですよね。それでわたしのことを『忘れられなかった』って言っても、都合のいい言葉だとしか思えません」

重ねて説明しようと口を開きかけた律を、彼女が遮る。

「ごめんなさい、今は冷静に話せそうにありません。しばらくは連絡せず、そっとしておいてくれると助かります」

「渚、俺は……」

「失礼します」

助手席のドアを開けた渚が、車を出ていく。

それきりこちらを振り返らずに自宅へと向かい、バックミラーでそれを見つめた律は忸怩たる思いを噛《か》みしめた。

(俺と別れたあとに誰ともつきあってなかった渚にとっては、東京で彼女がいた事実は裏切りだと思って当然かもしれない。何を言っても言い訳になる)

彼女の言うとおり、少し冷却期間を置いたほうがいいのだろうか。

そう思う一方、じわりと苛立ちをおぼえた律は、ハザードランプを切って車を緩やかに発進させる。向かった先は自宅で、ガレージに車を停めて家の中に入った。

そして二階の一室のドアをノックし、中に向かって呼びかける。

「仁美、俺だ。ちょっといいか」

するとしばらくしてドアが開き、仁美が姿を現す。

彼女は風呂上がりらしくラフなスエット姿で、髪をルーズにまとめていた。仁美が顔に貼っていたシートパックを剥がしつつ、面倒そうに言う。

「何？」

「お前、渚に何を言った」

兄の問いかけに仁美が眉を上げ、鼻で笑って答える。

「別に、たいしたことは言ってないけど。どうしたの、何か揉めた？」

「先週俺に客が来たとき、こっちの会話を盗み聞きしてたんだろう。そしてその内容を、あることないこと渚に話した。何でそんな真似《まね》をするんだ」

律の中には、彼女に対する怒りがふつふつとこみ上げていた。

中村は確かに四年前までつきあっていた元交際相手だが、今は何とも思っていない。彼女は仕事のついでに自分に会いに来ただけなのに、あたかも復縁するかのようなニュアンスで渚に話したのは、仁美だ。しかも律が東京に戻るかもしれないという、嘘の話まで吹き込んでいる。

すると彼女が、こちらを見上げて言った。

「話を聞いたのは悪かったけど、私は渚のためを思ってそうしただけ。お兄ちゃんがあの人を下の名前で呼んでたから、怪しいって感じたの。そうしたら案の定、女のほうは未練ありそうなことを言ってたわけじゃん。聞かれて困るような内容を話してた、そっちのほうが悪いんじゃないの？」

反省するどころか開き直る仁美を、律は厳しい眼差しで見下ろす。

「お前が渚に聞かせた内容は、断片的な切り抜きだ。話の内容うんぬんより、人の会話を盗み聞きしたこと、不確かな情報を渚にもたらしたことを俺は責めてる。論点をすり替えるな」

「偉そうなこと言っちゃって、もしかして自分は立派な人間のつもり？　十一年前に渚をあっさり捨てたくせに、こっちに戻ってくるなりまたつきあい始めるなんて、相当自分勝手だよ。あの子のチョロさにつけ込んでるとしか思えないんだけど」

彼女の口調には棘があり、眼差しにはこちらへの反感が如実ににじんでいて、律は無言でそれを見つめ返す。

昔から仲がいい兄妹ではなかったが、仁美がここまで自分を嫌っているとは思わなかった。彼女が言葉を続けた。

「そもそも二人の間に揺るがぬ信頼があれば、私が横から何を言っても関係ないんじゃないの？　いわば身から出た錆《さび》なのに、渚と上手くいかないのを私のせいにするのはやめてよね。すっごい迷惑」

仁美は「それに」と、冷笑を浮かべて言う。

「渚には、もう他にいい人がいるかもよ？　だって最近、よくスマホに連絡きてるし」

「――……」

それには思い当たる節があり、律の心に暗雲が立ち込める。

こちらに挑戦的な眼差しを向けた仁美は、律の胸を押して身体を廊下に出すと、ドアに手を掛けながら告げた。

「私はお兄ちゃんと渚の間の橋渡しをする気は微塵もないから、期待しないでね。じゃあ」

目の前で音高くドアが閉まり、律は廊下に立ち尽くす。

仁美が反省するどころか逆切れしてきたことに、何ともいえない気持ちになっていた。彼女が好戦的な性格なのは以前からわかっていたものの、一方的にこちらを目の敵にして渚との仲を引っ掻き回されてはたまらない。

(元々仁美と渚は親友同士だから、つきあうなとも言えないしな。……どうしたもんか)

やはり数日、時間を置くしかないのだろうか。

もしまた渚と別れることになったらと想像し、律は胃がぎゅっと引き絞られるのを感じた。かつて律は己の未熟さゆえに別れを選択し、彼女を深く傷つけた。もう二度とそんな思いはさせまいと考えていたのに、過去の自分が足を引っ張っている現状がひどくもどかしい。

（でも俺は、渚が好きだ。彼女を大切にしたいし、この先もずっと一緒にいたい）

彼女の素直さや素朴さ、清楚な顔立ちや真面目な性格も、すべて好ましい。

血の繋がらない甥である悠を可愛がり、まるで母親のように世話をしているところにも、強く心惹かれていた。何でも一生懸命やる渚だからこそ、力になりたい。彼女が抱え込んでいる負担を、極力軽くしてやりたくてたまらなかった。

一方で仁美が最後に放った不穏な言葉が、心に重くのし掛かっている。渚のスマートフォンに何度も連絡してきている人物は、一体誰なのだろう。もしかして彼女に好意を抱いている人間がいて、しつこくアプローチしているのだろうか。

（次に会ったときに、確かめたい。でもそれは一体いつになるんだ）

鬱々とした気持ちを抱えつつ、律は翌日も朝から和服を着込み、若旦那として旅館に立つ。

これまでの経営改善アプローチでは、料理のコンセプト設計によって同業者との差別化を図り、割烹旅館という名にふさわしい見た目も味も優れた料理を打ち出して、宿泊客から好評を得ていた。

それをアピールするために雑誌やウェブメディアの取材を積極的に受け、SNSも上手く活用する。料理や旅館の内部、温泉など、ユーザーの興味を煽る写真を多数アップし、「SNSを見た」という宿泊客に特典を付けることで、少しずつフォロワー数を増やしていた。

また、競合の近隣ホテルとの比較を徹底し、常に価格の優位性を取る一方、自社の体力や限界を考慮して決して無理はしないよう心掛けている。キャパシティを超えた集客は目指さず、その日のゲストを丁寧にもてなして、顧客満足度を上げるべく努めた。

律の役目は、コンシェルジュ業務をしながら旅館内のオペレーションに常に気を配ることだ。以前の従業員たちは自分の仕事以外には手を出さず、一人一人の作業が細切れで分担しすぎているがゆえに緊張感に欠けていたが、今はそうした垣根をなくして目の前の仕事を何でもこなす方針に転換している。

そうすると場合によっては手薄になる部署も出てくるため、タブレットとインカムを駆使して臨機応変に人員を配置していた。

午後五時半、律はIT企業のエンジニアと会い、打ち合わせをする。客室の稼働状況や清掃状態、ユーザーの個別ヒアリング情報などを管理し、宿泊客のチェックインや食事の進捗など詳細なステータスを一目で見られるシステムの導入について担当者と三十分ほど話し込んだ。

やがて打ち合わせを終え、帰っていくエンジニアを見送った律は一息つく。このあとは父に打ち合わせの内容を報告し、少し休憩しようと考えていた。

一旦旅館のフロントで現在の状況を確認したあと、事務所に向かう。廊下の窓からは西日が差し込み、セピア色の光が辺りを照らしていた。

そのとき着物の袂落《たもとお》としの中にしまったスマートフォンが、ブーンという音を立てて振動する。取り出してディスプレイを確認した律は、意外な人物の名前を見て目を瞠った。

（渚？　どうして……）

まさか昨日の今日で彼女から電話がくるとは思わず、急いで指を滑らせる。

「もしもし、渚？」

『律さん、仕事中にすみません。でもわたし、他に頼る人がいなくてどうしたらいいか』

渚は早口で、その声音からひどく動揺しているのがわかる。

ただ事ではないと悟った律は、スマートフォンを握る手に力を込めて言った。

「落ち着いてくれ。一体何があった？」

『悠がいなくなってしまったんです。理香さんが保育園に迎えに行ったはずなんですけど、電話に夢中で目を離してしまったらしくて。気がついたらあの子がいなくなっていたみたいで、慌ててわたしに連絡してきたんです』

悠がいなくなったと聞いた律は、顔色を変える。

彼はまだ四歳で、一人で出歩ける年齢ではない。しかも保育園は街中にあり、車の交通量が多いところだ。律は電話の向こうの渚に問いかけた。

「警察に連絡はしたか？」

『たぶん、まだだと思います』

「すぐに捜索願を出して、悠を探してもらおう。俺も今そっちに行く」

一旦電話を切った律は急いで母屋に戻り、和服を脱いで動きやすい服装に着替える。

そして再び旅館の支配人室に向かうと、そこにいた康弘に事情を説明した。

「狭山さん家の悠くんが、いなくなったらしい。俺はあの子の顔を知っているから、捜索に加わってくる」

「えっ」

「仕事を抜けることになるが、あとは頼む」

＊＊＊

時は、一時間前に遡る。

職場の受付に座り、入力業務をこなす渚の気持ちはひどく沈んでいた。今日は手を止めてぼんやりしてしまうことが多々あって、意識して目の前の作業に集中する。

（この入力が終わったら、退勤できる。お義父さんは理香さんと話すって言ってたけど、それはきっと今夜になるだろうから、夕食はわたしが作ったほうがいいよね）

――昨夜理香は、明け方の三時になるまで帰ってこなかった。

おそらくは近隣で飲み歩いていて、悠が保育園に行く時間になっても起きてこず、やむを得ず渚が出勤するときに一緒に連れていった。

今後理香の振る舞いが改善される見込みは、おそらくないだろう。今日の昼に郵便局で口座の残高を確認してみたところ、十万円が勝手に下ろされているのがわかった。

（キャッシュカードじゃなく、通帳と印鑑を使って窓口で引き出したんだ。そうすれば暗証番号は必要ないから）

まさか家の中で盗難に遭うとは思わなかったため、二つを一緒にしまっていたのが仇となった。

おそらく警察や郵便局に申し出れば、理香は窃盗犯として検挙されるだろう。これ以上彼女と一緒に暮らすのは難しく、誠一も心を鬼にして追い出すだろうが、悠の今後が気にかかる。

（一体どうするのが、あの子にとって一番いいのかな。親権者である理香さんが養育するのが当然だけど、彼女と一緒にいて悠が幸せになるとは思えない）

渚の心を重くしているのは、それだけではない。

昨夜、突然自宅を訪ねてきた律と、車の中で話をした。彼は東京にいた頃に交際相手がいた事実を認め、それを聞いた渚はひどくショックを受けた。

彼の言い分としては、渚とは完全に終わったと認識していたこと、地元に戻るのはずっと先だと考え、復縁するのが現実的ではなかったことを理由として挙げていたが、渚は裏切られた気持ちでいっぱいだった。

（律さんの言い分には、一応筋が通ってる。あの容姿なんだから引く手あまただっただろうし、年齢的に交際相手がいなかったほうがおかしい。でも——）

渚が引っかかっているのは、「誰とつきあっても、渚のことを忘れられなかった」という発言だ。

律の言葉はこれまでの交際相手に対して失礼で、渚は「そんなふうに言われても、全然うれしくない」と思ってしまう。

（わたし、我儘《わがまま》なのかな。律さんがこっちに戻ってくるまでのことは、過去として割りきるべき？）

だが彼が再び東京に戻るのなら、今後も関係を続けることは難しい。今以上に傷つく前に、自分から身を引いたほうが楽だと思える。

気もそぞろに仕事をしていたせいか、思ったほど作業がはかどらず、渚は三十分ほど残業をした。するとちょうど更衣室に入った午後五時半にスマートフォンが振動し、取り出してみると理香から着信がきている。

（一体何だろう。家から追い出されないために、お義父さんにとりなしてほしいとか言うつもりかな）

そんな発言をされるのを想像した渚は眉をひそめつつ、指を滑らせて電話に出た。

「はい」

『あ、渚？　ちょっと困ったことになってさ。実は悠がいなくなっちゃったんだけど』

「えっ？」

『保育園に迎えに行ったあと、外で彼氏と電話をしていたあいだにいなくなってたの。どうしよう』

どこか他人事《ひとごと》のような理香の口調に、渚はしばし呆然とする。しかしすぐに顔色を変え、勢い込んで問いかけた。

「いなくなったって……今どこですか？　車通りの多いところなんじゃ」

『街中だよ。保育園が入ってるビルの外で電話をしてて、とりあえず周囲を探してみたけど、全然見つからなくて』

渚の心臓が、ドクドクと音を立てていた。街中は車の通行量が多く、四歳の子どもには危険極まりない。

悠は自分の意思で姿を消したのかもしれないが、もしかすると誰かに連れ去られた可能性もあり、カッとなって電話口で叫んだ。

「どうして目を離したんですか？　小さな子どもを連れているのに、男と電話なんてしてる場合じゃないでしょ！」

一旦通話を切り、渚は制服のままロッカーから通勤バッグを取り出すと、更衣室を飛び出す。

そしてエレベーターの昇降パネルを何度も押しながら、目まぐるしく考えた。

（どうしよう、どうするべき？　早く悠を探さないと）

強い焦りに駆り立てられた渚が電話をした相手は、警察でも誠一でもなく律だった。

数コールのあとに「もしもし、渚？」と出た彼に、泣きそうな顔で訴える。

「律さん、仕事中にすみません。でもわたし、他に頼る人がいなくてどうしたらいいか」

渚の声音でただ事ではないのを察したらしい律は、落ち着くように告げ、すぐに的確なアドバイスしてきた。

『すぐに捜索願を出して、悠を捜してもらおう。俺も今そっちに行く』

ビルの外に出た渚は、すぐさま徒歩五分のところにある保育園に向かって走り出した。息を乱しながらビルの前に到着すると、そこにはギャル系の恰好をした理香が所在なげに佇んでいる。

「理香さん、悠は……っ」

「その辺を見たけど、見つからない。ねえ、これって私のせいになるの？」

「当たり前でしょう。あなたは母親じゃないですか！」

カッとして怒鳴り、彼女の腕をつかんだ渚は、往来を速足で歩き出す。するとよろめきながら歩く理香が、不満げに抗議してきた。

「ちょっと、痛い。どこ行くのよ」

「警察です。すぐに捜索願を出して、悠を捜してもらわないと」

少し歩いた先には交番があり、渚は警察官に事情を説明する。

すると必要書類に記入するように求められたが、理香は悠の母親でありながら彼の身長や体重、今日の服装なども知らず、渚は激しい怒りをおぼえた。

どうにか書き終えたあと、椅子から立ち上がった渚は、自身のバッグを手に警察官に向かって告げる。

「わたしはこれから、甥が行きそうなところを捜してみます。何かありましたら、携帯のほうに電話をください」

「わかりました」

理香をその場に置いて、外に出る。するとすぐにスマートフォンが鳴り、律から電話がきた。

『渚、今どこにいる?』

「交番のところです。……あっ」

行く手に律の姿を見つけた渚は、スマートフォンを耳から離す。

彼がこちらに駆け寄ってきて、腕を伸ばした渚は思わずその腕にしがみついた。

「律さん、悠がまだ見つからないんです。もしあの子に何かあったら……っ」

目に涙が浮かび、しがみついた手が小刻みに震える。

時間が経てば経つほど焦りがこみ上げ、どうしたらいいかわからなかった。そんな渚の肩をつかみ、律がこちらの顔を覗き込んで語気を強めて言う。

「大丈夫だ。絶対見つかるから、とりあえず手分けしてあの子を捜そう。スマートフォンは、常に手に持っていてくれ」

「わ、わかりました」

往来を行き交う人の間を縫うように走りながら、渚は注意深く周囲を見回す。

ビルの狭間や子ども連れの人間を覗き込み、「悠が一人で歩いているなら、一体どこに向かうだろう」と目まぐるしく考えた。

（あの子はわたしの職場を知らないはずだし、帰宅途中に寄ったことがあるショッピングモールかも。行ってみよう）

ショッピングモール内の食料品売り場や本屋などを見て回り、息を乱しながら額ににじんだ汗を拭う。ときどきスマートフォンのディスプレイを確認するものの、どこからも連絡がない。

（どうしよう、どこにいるの……悠）

彼が今頃どこかで怖い思いをしているかもしれないと考えると、たまらない気持ちになる。

そうして探し回って十五分ほど経った頃、見知らぬ番号から電話がかかってきた。飛びつくように電話に出た渚は、勢い込んで応答する。

「はい、狭山です。……えっ、見つかったんですか⁉」

電話をかけてきたのは交番の警察官で、悠が見つかったという知らせだった。何度か相槌《あいづち》を打った渚は、通話を切る。そしてすぐに律に電話をかけた。

「律さん、渚です。悠が見つかりました」

『本当か？』

交番に来るように告げて電話を切った渚は、急いでショッピングモールを出る。

交番に到着した頃には、へとへとに疲れきっていた。戸口から息を乱して中を覗き込み、複数人の警察官に囲まれた悠の姿を見た渚は、大きな声を上げて彼に駆け寄る。

「悠！」

「なーちゃん……」

小さな身体に飛びつくように抱きしめた瞬間、安堵で涙が溢れる。

「よかった……見つかって、本当によかった」

見たところ怪我ひとつなく元気そうで、心からホッとした。泣き顔の渚を見た悠がポロポロと涙を零し、小さな声で「ごめんなさい」と言う。

「ママがずっとお電話をしてたから、ぼく、なーちゃんと律くんといっしょに行った公園のことを思いだしたの。あのときのすべり台にのりたくて……でもすぐ迷子になっちゃって」

悠の言葉を聞いた理香は、ばつが悪そうな顔で横を向いている。

その直後、交番に律が飛び込んできて、「悠」とつぶやいた。あちこち捜し回っていたらしい彼は息を乱し、額に汗をかいていて、こちらに歩み寄ると大きな手で悠の頭に触れて言う。

「怪我はないか？　どこか痛いところは」

悠が首を横に振り、律がホッとした表情になる。するとその光景を見ていた警察官が、理香に向き直って言った。

「懸命にお子さんを捜してくれたこの二人に、お礼を言ってはいかがですか。あなたはほんの一瞬目を離した隙にお子さんがいなくなったかのように説明していましたが、悠くん本人の話だと少し状況が違うようですね」

「……それは……」

「もう一度、詳しくお話を聞かせていただけますか」

＊　＊　＊

交番で調書を取り、帰宅を許されたのは午後八時だった。

律はパーキングに停めていた車に渚と悠、そして理香を乗せて狭山家に向かう。そのまま帰宅しようとしたところ、渚が押し留めて言った。

「律さんも、うちに来ていただけませんか」

「でも俺は部外者だし、これから家族で話し合いがあるんだろう？　それに同席するのは」

「一生懸命悠を捜してくれたんですから、立派な当事者です。義父もお礼を言いたいと思いますので、どうぞ」

促されるまま渚の自宅に入ると、奥から誠一が出てくる。

彼は涙ぐみながら悠の身体を引き寄せて強く抱きしめ、万感の思いを込めて「無事でよかった」とつぶやいたあと、律に向かって深く頭を下げてきた。

「上倉さん、悠を探すのに協力してくださってありがとうございます。何とお礼を言っていいか」

「いえ。実際に見つけたのは、他の人ですから」

渚はダイニングに悠を連れていき、夕食がまだだった彼に誠一が用意してくれていた食事を食べさせる。

その傍ら、リビングで理香が誠一に問い詰められていたが、彼女は終始不貞腐れた態度だった。

「だからー、ちょっと電話してただけじゃん。勝手にいなくなった悠が悪いんでしょ」

「お前は幼い子どもがいる母親として、あの子から目を離してはいけなかったんじゃないのか？　悠とその交際相手、どっちが大切なんだ」

理香は別れようとしていた交際相手から復縁を匂わせる電話があり、すっかり舞い上がったらしい。

悠を保育園から引き取ったあと、ビルの外で長々と電話をしていて、それに飽きた彼は一人で歩き出してしまったのだそうだ。

しかししばらく歩いた先で途方に暮れていたところで、数人の女性グループが声をかけてくれたという。

小学生の子どもがいる彼女たちは、幼い男の子が街中を一人で歩いている状況を不審に思い、優しく事情を聞いたあとで警察に「悠くんという名前の、四歳の子どもを保護しています」と電話をしたというのが事の顛末《てんまつ》らしい。

誠一が厳しい表情で言った。

「この家に帰ってきてからというもの、お前の無責任さは目に余る。家事や育児をしないばかりか、悠から目を離して、もしかしたら大きな事故や事件に繋がったかもしれないんだぞ」

「…………」

「もうひとつ、お前に聞きたいことがある。渚ちゃんの預金口座についてだ」

その瞬間、理香がギクリと肩を揺らして、律はそれを不思議に思う。誠一が言葉を続けた。

「渚ちゃんが使っている部屋にある私物のポーチに、触った形跡があると聞いた。それには預金通帳が入っていたと」

するとダイニングで悠の横に座り、彼の食事の介助をしつつ話を聞いていた渚が、硬い表情で口を開く。

「今日の昼休み、残高確認をしてきました。すると昨日の日付で口座から十万円が引き出されているのがわかりましたが、わたしにはまったく身に覚えがありません」

彼らの会話から、理香が勝手に渚の預金を下ろしたのだということがわかり、律は思わずつぶやく。

「それはれっきとした犯罪では？　いくら家族でも、無断で金を下ろすなど許されません」

「そのとおりです。理香、状況的にお前の仕業だとしか思えない。正直に言いなさい」

誠一の問いかけに、彼女は舌打ちして答える。

「ちょっと借りただけだってば。私は今働いてないんだから、少しぐらいいいじゃん。すぐ返そうと思ってたし」

理香は「それに」と言い、渚をチラリと見やって口元を歪める。

「この家に住んで、食費とかアパート代までお父さんに出してもらってるんでしょ？　だったら独り暮らしをするより全然得してるじゃん」

それを聞いた誠一が、顔色を変えて言う。

「お前は一体、何を言ってるんだ？　渚ちゃんがこの家にいるのは、僕一人では見きれない悠の世話をするためだ。本来はそんなことをする義務などないのに、仕事をしながら一時的に住み込んで手伝ってくれていたんだぞ。そんな彼女に、お前は一度でもちゃんと礼を言ったか？　むしろ謝礼を支払わなければならない立場だろう」

すると理香がイライラした顔で「うるさいなあ、もう」と言って、ソファから立ち上がった。

「だったらもう出ていけばいいんでしょ。血の繋がった娘の私より、渚のほうをちやほやするっていうなら、いっそ老後の面倒まで見てもらえばいいじゃん。私は彼氏とよりを戻すことになったし、こんな田舎で暮らすなんてまっぴらだから」

彼女は足音荒くダイニングに向かうと、座って食事をしていた悠の手をつかみ、荒々しく引っ張る。

「悠、ほら行くよ」

「あ……っ」

彼の手から箸が飛び、床に落ちる。

小さな身体が乱暴に椅子から引きずり下ろされるのを見た渚が、抗議の声を上げた。

「乱暴はやめてください！」

「うるさい。この子の母親でもないくせに、偉そうに指図しないでよ」

理香に手を引っ張られながら、悠が「なーちゃん」と言って渚を縋るような目で見る。

「ぼく、行きたくない。ここにいる……っ」

その言葉を聞いた渚が彼の身体を引き寄せ、腕の中に強く抱きしめて言った。

「理香さんには……悠の面倒は任せられません。だってあなたは、この子のことを何にも見てないじゃないですか。家にいても食事を作るわけでもなく、掃除も洗濯もろくにしない。悠が一生懸命話しかけても面倒臭そうに追い払うだけで、向き合って話しているのを見たことがありません。現に警察でこの子の身長や体重、特徴を聞かれても、何も答えられなかったじゃないですか」

「……っ」

「理香さんと一緒に暮らしても、悠は不幸になるだけです。この子はここにいたほうが幸せだと思います」

すると理香がカッと頭に血を上らせ、悠の身体を無理やり奪い取ろうとする。

「ふざけんな。あんたなんかこの子と血の繋がりもないくせに。ちょっと面倒見たくらいで母親ぶってんじゃねーよ」

「や……っ」

律は立ち上がり、悠を抱きしめて床に蹲《うずくま》る渚と理香の間に身体を割り込ませると、彼女を見下ろして告げた。

「いくらあなたが悠くんの実の母親とはいえ、この半年間の育児実績は渚とお義父さんにあります。今この状況で悠くんを連れ去り、また目を離していなくなったりでもしたら、今回のことも踏まえてあなたは保護責任者遺棄罪に問われるかもしれませんが、それでもいいんですか」

それを聞いた理香が、ぐっと言葉に詰まる。誠一がすかさず娘に向かって言った。

「落ち着きなさい。僕も渚ちゃんや上倉さんと、同じ気持ちだ。少なくとも今のお前には、悠を引き渡すことはできない。生活基盤がしっかりしていない上、男にばかりかまけている人間が悠の面倒をしっかり見るとは思えないからだ。それに渚ちゃんの預金を勝手に下ろしたのは犯罪で、決して見過ごすわけにはいかない。警察に被害届を出し、事件として立件してもらおうと考えている」

いつも穏やかな父親の厳しい言葉に、理香が顔をこわばらせる。

彼女は悠から手を離して立ち上がり、悔しそうな表情で言った。

「何よ……皆で寄ってたかって。そこまで言うなら、あんたらが好きなだけ悠の面倒を見れば？　正直子どもなんか彼氏と住むのに邪魔だったし、いないほうがせいせいするわ」

「盗《と》ったお金はすぐに返すから。それでいいんでしょ」

そう言って踵を返した理香が二階の自室に向かい、キャリーケースを抱えて下りてくる。そして玄関でハイヒールを履き、吐き捨てるように言った。

「じゃあね、お邪魔さま」

「――……」

足音高く彼女が玄関を出ていき、乱暴にドアが閉まる。悄然《しょうぜん》とリビングに戻ってきた誠一に、渚が呼びかけた。

「お義父さん……」

「渚ちゃん、本当にすまない。悠も怖かったな」

祖父に頭を撫でられた悠が、彼を見上げて小さく首を横に振る。誠一が彼女に問いかけた。

「悠のことは、今後僕が一人で面倒を見るつもりだ。渚ちゃんにはなるべく迷惑をかけないようにするから」

「いいえ、お義父さん一人では到底無理です。今までどおり、二人で協力するのが一番スムーズだと思います。それで生活リズムができていましたし」

誠一が向き直り、深く頭を下げてくる。

「上倉さんにはお見苦しいところをお見せしてしまい、返す返す申し訳ありません。我が娘ながら身勝手極まりなく、何と言ったらいいか」

律は首を横に振り、彼に向かって告げた。

「僕でお役に立てることがあったら、何でもおっしゃってください。申し遅れましたが渚さんと真剣におつきあいさせていただいておりますし、僕が週末などに悠くんを連れ出せば、お二人も少しは気が紛れるでしょうから」

「律さん、それは――」

渚が驚いたように口を開きかけたものの、誠一はそれに気づかずやるせなく微笑む。

「ありがとうございます。渚ちゃんには幸せになってほしいと思っているし、悠の世話を任せきりにするつもりもありません。上倉さんとの時間も大切にしてほしいと考えておりますから、こちらに遠慮せず二人で自由に出掛けてください」

「そうですか。では早速ですが、彼女と少し話をさせていただいてもよろしいですか」

律の言葉に、彼は事もなげに頷く。

「ええ、もちろん。悠、祖父ちゃんと一緒にご飯を食べよう。そのあとお風呂に入ろうな」

悠は母親から「正直子どもなんか彼氏と住むのに邪魔だった」と言われたのがショックだったのか、顔をこわばらせて黙り込んでいる。

律はそんな彼の前にしゃがみ込んで目線を合わせ、頭を撫でて言った。

「律くんはなーちゃんとお話ししたいことがあるから、外に出てくる。悠はお祖父ちゃんと、ちょっと待っててくれるか？」

すると悠が、不安そうな声で言う。

「なーちゃん、ちゃんと帰ってくる……？」

「もちろん。たとえ遅くなっても、この家にちゃんと帰ってくるよ」

「よかった」

彼がかすかに微笑み、それを見た律はホッとする。立ち上がった律は、渚に視線を向けて告げた。

「──じゃあ、行こうか」

第八章

午後九時前の外は人も車も通らず、往来は街灯だけが煌々と辺りを照らし、閑散としている。

そんな中、自宅を出て律の車に向かう渚は複雑な気持ちだった。終業後に悠がいなくなったという知らせを受け、動転した渚が連絡したのは律の携帯電話だった。咄嗟のことだったが、誰かに頼るとしたら彼しかおらず、実際すぐに駆けつけてくれた律は懸命に悠の行方を捜してくれた。

（もう律さんとは距離を置こうって考えていたのに、わたしって勝手だ。都合のいいときだけ頼ろうとするなんて）

だが街中で彼に会い、「大丈夫だ、絶対見つかる」と言われたときは頼もしく、不安な気持ちが幾分軽くなる気がした。

それに加え、先ほどヒステリックに喚《わめ》きながら悠を奪い取ろうとする理香に毅然として言い返してくれたときは、涙が出そうになった。そうした律の姿を目の当たりにするうち、彼と別れようと考えていた渚の心がグラグラと揺れる。

律が車のキーを開けながら「乗ってくれ」と促してきて、渚は無言で助手席に乗り込む。すると彼は、エンジンをかけないまま深く息をついて言った。

「悠が見つかって、本当によかった。事故に遭ったり、誘拐される危険性だってあったわけだから、無傷で見つかったのは奇跡だな」

「あの……いきなり律さんに電話をしてしまって、すみませんでした。もしかして、あのときは仕事中だったんじゃ」

「俺は渚に頼ってもらえて、うれしかったよ。仕事は抜けてもまったく問題ないから、気にしなくていい」

エンジンがかかっていない車内に、束の間沈黙が満ちる。

やがて律が再び口を開いた。

「昨日、渚に拒絶されてからいろいろ考えた。改めて十一年前の俺は卑怯だったと思うし、あんな別れ方をされた渚が恋愛に臆病になって当たり前だ。それなのに俺はもう終わったことだと割りきって、他の女性と交際した。しかも渚を忘れられないままだったんだから、相手にも失礼な話だよな」

渚は膝の上でぎゅっと手を握り合わせ、彼に問いかける。

「改めて聞きたいんですけど、十一年前にわたしと一切話し合いをせず、一方的に別れを告げたのはなぜですか？　メールも電話も着信拒否をされて、わたしがどれだけ傷ついたか」

そこまで自分を拒否したにもかかわらず、「忘れられなかった」と言われても、身勝手としか思えない。渚がそう言うと、律が答える。

「俺が東京に行く二日前に初めて渚としたけど、あれは場の雰囲気に流されただけだったんだろう？　初めてで痛い思いをさせただろうし、渚はあの直後によそよそしい態度を取っていたから、嫌われたと思ったんだ。実際にそういうふうに聞いて、『やっぱり』って納得がいった」

自分が律を嫌っていたという事実はなく、渚は彼の言葉にふと引っかかりをおぼえる。「あの」と口を開きかけたものの、律がそのまま話を続けた。

「それに加え、プレゼントしたネックレスを返されて……本当に嫌われたんだと実感した。そのタイミングで父さんと衝突して、いっそ予定より早く東京に行こうと決断したんだ。その結果が、あの『ごめん』っていうメールだった」

渚は驚きに目を見開き、運転席にいる彼のほうに身を乗り出して言う。

「待ってください。『ネックレスを返された』って、一体どういうことですか？　わたし、あれは自分で失くしたと思って、血眼になって探していたんです。でも全然見つからなくて」

するとと律が、眉をひそめて答える。

「仁美が『渚からこれを預かってきた』って言って、手渡してきたんだ。俺なりに気持ちを込めて渡したものだったから、突き返されてショックだった」

「――――」

彼は「それくらい渚の気持ちが離れてるんだと理解して、別れを受け入れた」と語り、渚は混乱しながらつぶやく。

「わたし……ネックレスを返したりしてません。むしろ失くしたことを律さんに知られたら嫌われると思って、罪悪感から連絡できずにいたんです。そうするうちに『ごめん』っていうメールがきて、着信拒否されて……何も言えず仕舞いでした」

十一年ぶりに再会したあとも、あのネックレスを失くしたことだけは言えず、話題に出さないようにしていた。渚は彼を見つめ、言葉を続けた。

「さっき律さん、わたしに嫌われたと思ったのは、『実際にそういうふうに聞いたからだ』って言いましたよね。それってもしかして、仁美からですか？」

「ああ。渚とした翌日の夜に俺のところにやって来て、『渚はもう、お兄ちゃんと別れたいみたい』『あの子、何となく流れでお兄ちゃんとしちゃって、後悔してる』と言っていた。そもそも東京とは距離がありすぎるから、遠距離恋愛に自信がないようだとも語ってたな。あいつは渚の親友だから発言に信憑性《しんぴょうせい》があったし、プレゼントしたネックレスを突き返されたのが決定打となった」

律は「でも」とつぶやき、眉をひそめる。

「渚がネックレスを失くしたと思っていたなら、あいつがわざと盗んだってことか？一体何でそんなことを」

渚は動揺し、押し黙る。まさか自分たちの仲を引き裂いたのが仁美だとは思わず、信じられない気持ちでいっぱいだった。

彼女とは小学校の頃からのつきあいで、大人になった今も親しくしている。歯に衣《きぬ》着せぬ言動でどちらかといえばきつい性格だが、その冷静さや面倒見のよさは美点で、渚は心から信頼していた。

（でも律さんと再会したあと、仁美は一貫してわたしたちがつきあうことに反対してた。もしかしてそれは、十一年前の破局に自分が関係していたから……？）

仁美の意図がわからず、渚は目まぐるしく考える。

律も厳しい表情をしていたが、やがて運転席のシートベルトを締めながら言った。

「仁美に直接会って、話を聞こう。ここでうだうだしているよりそのほうが早いし、あいつは今自宅にいるはずだ」

「律さん、でも……」

「もし十一年前の俺たちの別れをあいつが仕組んだのなら、断じて許せない。一体何の権利があってそこまで引っ掻き回すんだ」

彼はこちらを見つめ、熱を孕んだ眼差しで告げる。

「あのとき仁美からネックレスを返されたり、『渚が別れたがっている』という言葉を聞かなければ、俺は別れを選択しなかった。東京と北海道という距離で頻繁には会えなかったかもしれないけど、何とか関係を継続する道を模索したはずだ」

「……律さん」

律の瞳には押し殺した熱情があり、それを見た渚の胸がぎゅっとする。

十一年前の別れは心に深い傷をつけ、自己肯定感が下がった渚は誰に告白されてもつきあうことができなかった。あんな形で律に捨てられる自分には、人間として価値がない。そんなふうに思い、二十八歳になるまで一人でいたのに、もしあの別れが仁美によってもたらされたものだとしたらどうだろう。

(わたしと律さんには、あのままずっとつきあっていくっていう選択肢があったのかな。そうだとしたら……)

あんなに胸の潰れるような苦しみを味わい、一人で過ごした年月はすべて無駄だったことになる。

渚の心は、千々に乱れていた。仁美に対する怒りと「信じたくない」という思いが錯綜《さくそう》し、冷静ではいられない。だが律の言うとおり、直接彼女に問い質さなければ気持ちが収まらなかった。渚は一度目を伏せたあとに顔を上げ、意を決して告げる。

「わたしも仁美から、直接話を聞きたいです。彼女がわたしたちの別れを故意に画策したのか、そのためにネックレスをわたしの手元から盗んだのか。――だから、律さんの家に行きましょう」

渚の実家前から走り出して数分、車は上倉旅館に到着する。

長い歴史を持つ建物は重厚な和風建築で、入口はライトアップされ、枝を大きく広げる立派な松の木が地面に濃い影を落としていた。

車を降りた律が向かったのは、旅館の隣にある住居だ。こちらも一〇〇坪を超える日本家屋で、彼は引き戸を開けながらこちらを見る。

「入ってくれ」

「……お邪魔します」

時刻は午後九時過ぎのため、家政婦の森野は既に帰宅している。

磨き上げられた廊下を歩いた渚は、二階に向かった。一階は純和風の造りだが、二階部分はすべて洋室で使いやすい仕様になっている。

仁美の部屋は右側の手前にあり、律がドアをノックして言った。

「仁美、俺だ。ちょっといいか」

彼の後ろに立つ渚は、ドクドクと鳴る胸の鼓動を強く意識していた。

わずかな間のあと、目の前のドアが開く。面倒そうな顔で出てきた仁美が「何？」と言い、すぐに渚の姿に気づいて目を瞠った。

「渚、どうして……」

「お前に話がある。渚も無関係ではないから、一緒に来てもらったんだ」

すると彼女は、何かを察したように表情を硬くする。一瞬視線を泳がせた仁美だったが、やがて目を伏せてドアを開けた。

「……どうぞ、入って」

室内はいかにも女性らしい雰囲気で、テーブルの上にはやりかけのジェルネイルの道具が散乱していた。彼女は立ったままそれを片づけながら言う。

「で、話って何？」

「片手間に話すことじゃないから、座ってくれ」

「今、ここを片づけてるでしょ」

「仁美。――座れ」

律がわずかに語気を強めると、仁美がどこか不貞腐れた顔で道具を置いて座る。

彼女はこちらを見ずに口を開いた。

「何なのよ、いきなり二人で来るなんて。もしかして悠のこと？『いなくなった』ってお父さんが言ってたけど、見つかったの？」

「無事見つかって、もう自宅に戻ってる。でもこうして来た用件は、悠の話じゃない。お前のことについてだ」

一旦言葉を切った彼が、再び口を開いた。

「渚と話をしていて、十一年前に別れたときの経緯《いきさつ》に齟齬《そご》があるのがわかった。俺は渚が自分と別れたがっていると聞いたが、実際はそんなことはなかったらしい。ネックレスは彼女が突き返してきたのではなく、紛失したのだとも」

「…………」

「俺にそう伝えてきたのはお前だろう、仁美。一体どういうことだ」

兄の問いかけに、仁美は視線を落として答えない。渚は彼女を見つめて問いかけた。

「十一年前、わたしが律さんとどういうふうにつきあっていたのか、仁美は全部知ってたよね。ネックレスをプレゼントされて喜んでいたことや、遠距離恋愛になっても頑張ってつきあっていこうとしてたことも。でも突然ネックレスがなくなってしまって、わたしはパニックになってた」

心当たりのあるところを血眼になって探したものの、結局ネックレスは見つからなかった。

律がどんな気持ちでプレゼントしてくれたかと思うと正直に言い出せず、渚は彼を避けるような行動を取ってしまった。それが互いのボタンのかけ違いを助長し、別れへと繋がった。

そう思いながら、渚は仁美に向かって告げる。

「あのとき仁美、うちに泊まりに来たよね？　当時のわたしは肌身離さずネックレスを身に着けていたけど、お風呂や寝るときは外してた。仁美はそれを盗んで、律さんにあたかもわたしが返すと言っていたみたいに渡した——違う？」

渚の言葉を聞いた彼女は、しばらく黙っていた。

やがてどのくらいの時間が経ったのか、仁美がふっと笑って言う。

「気づくのが遅いよ。あんたたち、どんだけ深い話をするのを回避してたの？　それで真剣につきあってるとか、ほんと笑っちゃう」

「……………」

「そうだよ。十一年前、渚とお兄ちゃんを別れさせたのは私。二人にそれぞれ違う話を吹き込んで、破局するように仕向けたの」

渚は呆然としながら、目の前の彼女を見つめる。

二十年間親友だと思い、何でも相談してきた仁美が自分を陥れた——その事実が信じられず、言葉が出てこなかった。隣に座った律が、彼女に厳しい眼差しを向けて問いかける。

「一体目的は何だ。お前は渚の友達じゃなかったのか？」

「友達だよ。まあ、ここまでつきあいが長くなると腐れ縁みたいなものだよね。でも渚と一緒にいたのは、打算もあったから」

「打算？」

「私は友達が少なかったから、渚は傍に置くのにちょうどよかったの。とりあえず学校で一人にならないための、保険的な」

確かに仁美は愛想がなく敵を作りやすい性格のため、昔から大勢と群れるタイプではなかった。

渚もときに辛辣な言葉を投げつけられることがあったが、幼馴染の誼《よしみ》で許してきた部分が多々ある。彼女が「でも」と言葉を続けた。

「一緒にいるうちに、あんたの能天気な部分にイライラすることがあった。だって渚、断れない性格を周りから見抜かれて雑用を押しつけられても、はっきり文句を言わないでしょ。誰かが困っていればすぐに手伝おうとするし、そのくせ腐らずにいつもニコニコしてて、私とは正反対。いい子ちゃんの渚を目の当たりにするたびに、自分の性格の悪さを思い知らされるようで嫌だった」

仁美は口元を歪めて笑い、渚を見た。

「あんたがお兄ちゃんに憧れてたのは知ってたけど、まさか相思相愛だとは思わなかった。いつの間にか二人がつきあい始めて、渚が毎日幸せそうにしてるのを見ると、無性に腹が立ったんだよね。そのとき私は自分がつきあってた男と別れそうになってたから、余計にそう感じたんだと思う」

当時の仁美は学習塾で知り合った他校の男子生徒と交際しており、それから間もなく破局していた。彼女が言葉を続けた。

「誰とつきあっても『仁美と一緒にいるの、きつい』『何でそんなに自己中なんだよ』って言われることが多くて、私は自信を失ってた。そんな状況で渚がお兄ちゃんと幸せそうにしてるのが、本当に許せなくてムカついたの。だからお兄ちゃんに『渚はお兄ちゃんとしたことを後悔して、もう会いたくないって言ってる』って嘘を吹き込んだんだ。渚には、親友として親身になってるふりをしてね。結果的に二人は別れることになって、せいせいした」

仁美が喉を鳴らして楽しそうに笑い、それを見た渚は言葉を失くす。ひとしきり笑った彼女は、笑いを収束させて言った。

「最近だってそうだよ。渚が理香さんに悠の世話を押しつけられたのを見て、内心『ざまあみろ』って思ってた。私は離婚して実家に戻って毎日全然楽しくないのに、あんたときたら無駄にポジティブで、仕事と育児を両立させたりしててさ。いい人ぶったその性格が、本当に鼻につくんだよね」

悪意を隠そうとしない仁美に、渚は小さく問いかける。

「だから……律さんがこっちに戻ってきたとき、わたしがつきあおうとするのを邪魔したの？　仁美、ずっと反対してたよね」

「そうだよ。だって二人が接近したら、十一年前に私がしたことがばれちゃうでしょ。渚は『ネックレスを失くした件については、先輩に言えない』って言ってたから、もう少し時間稼ぎできるかなと思っていたけど、案外ばれるのが早かったね」

これまで親身に相談に乗りながら、実は彼女は自分に対して悪意を持っていた。

その事実を目の当たりにした渚は、心を鋭利な刃物で斬りつけられたような痛みをおぼえる。すると律が仁美に向かって、低く言った。

「お前のしたことは、最低だ。俺と渚の仲を引き裂いて、他人を自分の思うように操れて楽しかったか？」

「…………」

「ずっと親友のような顔をして、裏で渚の足を引っ張ってたってことだろう。渚の一生懸命さは彼女の努力の賜物で、たとえ心の中で葛藤したり傷ついたりしても、極力表に出さないようにしている。周囲を慮《おもんぱか》ってそうした態度を取るのは、責められることか？　お前のように棘だらけの言葉を撒《ま》き散らすよりも、よほど人としてまともなんじゃないのか」

容赦ない兄の糾弾に、仁美がピクリと表情を震わせる。律が再び口を開いた。

「そんなふうに他人を陥れたって、お前自身は幸せにはなれないんだぞ。物事を斜めに見る癖がついているから、お前は人と上手くやれないし、結婚相手ともわずかな期間で離婚する羽目になったんだろう。違うか？」

「……っ」

離婚の件を持ち出された瞬間、図星を突かれたのか彼女の頬にじわりと朱が差す。

室内に、重い沈黙が満ちた。目まぐるしく考えていた渚は、やがて仁美に向かって告げる。

「仁美のしたことは……正直言って、許せない。高校二年のときに律さんと別れる羽目になって、わたしはすごく傷ついた。自分がやり捨てられる程度の価値しかない人間なんだと感じたし、誰ともつきあえずに十一年間過ごすくらいのトラウマになった。仁美はそれを間近で見て、知ってたよね」

「…………」

「二十年も一緒にいたのに、わたしは仁美に嫌われてるなんて全然気づかなかったよ。ときどき棘のある言葉を投げつけられるのは、もうそういう性格だから仕方ないんだって思ってた。わたしは仁美のいいところをたくさん知ってるし、きっと本心じゃないんだろうからって……。でも本当は、そっちのほうが本音だったんだね」

心の中を、ひたひたとやるせなさが満たしていく。

どんなときでも冷静にアドバイスをしてくれる彼女を、渚は無二の親友だと思っていた。だが実際は違っていて、半ば八つ当たりのような気持ちで自分と律を引き裂いても平気な人間だったという事実に、悔しさとも悲しみともつかない感情がこみ上げる。

そんな渚の肩に触れ、律が「行こう」と促した。そして立ち上がって仁美を見下ろすと、淡々とした口調で告げる。

「俺は兄として昔からお前の性格が気になっていたけど、まさか渚にまで悪意を抱いてるとは思わなかった。幼馴染の彼女を傷つけ、この年齢になっても自己中心的な行動を貫きたいなら、勝手にすればいい。でもその結果、周囲に誰もいなくなるのは自業自得だ。よく覚えておけ」

うつむいたままの彼女は、こちらを見ようとはしない。

彼に肩を抱かれて部屋の外に出た渚は、「大丈夫か」と聞かれて首を横に振る。

「あんまり大丈夫じゃないです。……何だかすごくショックで」

「俺の部屋に行こう」

同じ階の奥にある私室に誘《いざな》われ、渚は黙ってそれに従った。

中は高校時代とほとんど変わりなく、デスクと壁一面の本棚、ベッドというシンプルなインテリアだ。渚は懐かしい気持ちになってつぶやいた。

「律さんの部屋、ほとんど変わってないんですね」

「東京で使っていた家具は貸倉庫に預けてて、ここは昔のままだからな。座ってくれ」

促された渚は、ベッドにうつむきがちに腰を下ろす。

すると隣に座った律がこちらに身体を向け、突然頭を下げてきた。

「仁美のこと、兄として謝らせてほしい。渚を傷つけて本当に申し訳なかった」

「律さんが謝ることじゃありません。むしろお互いに被害者なんですから」

それを聞いた彼が顔を上げ、渚を見つめて言う。

「まさか十一年前の別れが、あいつに仕組まれていたとは思わなかった。俺が仁美の言葉を鵜呑みにしたばかりに、渚を長いこと苦しめる羽目になったんだ。あのとき直接話をすればすぐに誤解を解けたかもしれないのに、謝っても謝りきれない」

律の瞳には深い悔恨がにじんでおり、渚はそれを見つめながら答える。

「もうどうしようもないことです。今さらとやかく言っても、過去を書き換えられるわけではありませんから」

「書き換えられるなら、そうしたい。――俺は渚と別れたのを後悔してるから」

彼の声が孕む熱に、渚の心臓がドキリと跳ねる。律が真剣な口調で言った。

「東京に行ってからも渚を忘れられなかったと言ったのは、嘘じゃない。吹っ切ろうとして他の女性とつきあったのは悪手だったし、彼女たちにも本当に失礼だったと思う。こんな俺を、渚が軽蔑するのは当然だ」

彼は「でも」と言葉を続ける。

「さっきも言ったが、ネックレスを返されたり仁美から嘘の話を吹き込まれなければ、俺は渚と別れようとは思わなかった。あのとき俺と別れたがっていたというのが嘘で、仁美のせいであういう結果になったことを渚自身も理不尽だと思ってるなら、俺とやり直してくれないか？　誠実な恋人になると約束するから」

真摯な声音を聞いた渚の胸が、ぎゅっと強く締めつけられる。

律が東京で他の女性と交際していた事実に傷ついていたものの、彼が自分と完全に破局したと考えていたのならそれは責められない。むしろ今は、そういう方向に仕向けた仁美への憤りが強くあった。

「……わたしでいいんですか？　理香さんが出ていった今、わたしは今までどおり義父と協力しながら悠の面倒を見なければなりません。二人きりで会う時間は限られてしまうんですけど」

「渚がいいんだ。悠に関しては俺もできるだけ関わって、渚やお義父さんの負担を軽くするように努める。二人の時間は、できるだけ夜に取らないか？　幸い家同士はこうして近所だし」

律が「ただ」とつぶやき、渚を見る。

「一点だけ、気になっていることがある。仁美がこのあいだ、『最近よく、渚のスマホに頻繁に連絡がきてる』『もう他にいい人がいるかもよ』って言っていたんだ。実際に俺も一緒にいるとき、渚のスマートフォンが何度もチカチカしてるのを見た。もしかして、他にアプローチしてきている男がいるのか」

思いがけない問いかけに、渚はびっくりして目を見開く。

スマートフォンに頻繁にメッセージを送ってきているのは、勤務先の塾生である川口だ。

(仁美はわたしの事情を知っていたくせに、あたかも他にアプローチしてきている人がいるみたいに律さんに話してたってこと？　……どこまでわたしたちの邪魔をしたら気が済むの)

そんなふうに考えつつ、渚は律に向かって説明した。

「あの……確かにスマホには何度もメッセージが届いてますけど、わたしに他に男がいるとかそういうことじゃないんです。実は塾の生徒に頼られてしまって」

「生徒？」

「はい」

　渚は仕事帰りに他の塾生から殴られている川口の姿を目撃したこと、彼がこれまで何度もカツアゲに遭っていて人間関係に悩んでいることを説明する。

「家族や学校、塾の上層部に相談しようって何度も説得したんですけど、川口くんは『そんなことをすれば、きっと仕返しされる』っていう一点張りで。そのまま見捨てられずにトークアプリのIDを教えたんです。『何かあったら連絡して』って言ったら……メッセージがものすごく来るようになってしまって」

　勤務先や義父からの連絡が来るかもしれないため、音消しにはできない。かといって川口をミュートしてしまえば彼は孤独感を強めてしまうかもしれず、返事をするしかなかった——渚がそう説明すると、律が「そうだったのか」とつぶやいた。

「渚が大人として彼を見捨てられなかった気持ちはわかるけど、個人的な連絡先を教えたのはまずかったな。塾の上層部に相談して、対応を任せるべきだった」

「そうですね。仁美に相談したときも、そう言われました。でも川口くんは『他の人には言わないでほしい』と強硬に言い張っていて、事態を打開するための自発的な行動を起こそうとしないんです。塾生からの嫌がらせはまだ続いているみたいですし、どうしたらいいか」

　すると彼が、あっさり答える。

「俺が対応するよ」

「律さんが？」

「ああ。その子は渚を愚痴の捌《は》け口にして、精神的に依存している状態だ。でも渚にとって大きな負担になっているし、彼にとってもいじめが続く現状はよくないだろう。第三者の俺が間に入って、解決する」

　律の落ち着いた口調を聞くと、渚の心がわずかに軽くなる。

　彼の言うとおり、川口のことが日常の中でかなりの負担になっていただけに、はっきり言いきられるととても心強かった。だがまだ躊躇いがあり、小さく言う。

「大丈夫でしょうか。川口くんは、わたしに裏切られたと思うんじゃ」

「渚の責任感の強さはわかるけど、もうできる範囲を超えてるだろう。ただでさえ家の問題もあるのに、渚自身が潰れてしまっては元も子もない。抱えている負担は、できるだけ俺が軽くするから」

　さらりとそう告げられ、渚の胸がじんと震える。

　律が揺るぎなく自分を支えてくれようとしてるのがわかり、形容しがたい思いがこみ上げていた。それと同時に、今までの自分がさまざまなことに重圧を感じていたのを自覚し、顔を歪める。

(わたし、悠のことも川口くんのことも自分一人で何とかしなきゃって思ってた。でも、少しは律さんに頼ってもいいのかな)

そう思うとふいに涙腺が緩み、ポツリと涙が落ちる。渚は慌ててそれを拭い、誤魔化すように笑って言った。

「律さんにそう言ってもらえると、何だかホッとしました。肩の荷が下りたみたいで」

「渚は頑張りすぎだ。いつも周りに気を使って、どんな大変でも優しくあろうとして――そんな姿を見てると、たまらなくなる」

彼が腕を伸ばし、渚の身体を抱き寄せる。

律の硬い胸に顔を押しつける形になった渚は、彼の匂いと体温に胸がきゅうっとするのを感じた。律がこちらの髪に鼻先を埋め、ささやくように言う。

「渚が他の男にアプローチされているわけではなくて、本当によかった。俺がどれだけやきもきしていたか」

「わたしは全然もてないので、大丈夫です」

「そんなことないだろう。昔も今も、すごく可愛いのに」

彼の口からそんな言葉が出るのが意外で、渚はかあっと頬を赤らめる。

中学高校と律は端整な顔立ちでもてていたが、いつも眉間に皺を寄せていたため、「ちょっと怖い」という女子生徒もいた。実際の彼もかなり硬派な雰囲気で、甘い言葉はほとんど聞いたことがなく、どう反応していいかわからない。

すると抱きしめる腕を緩めた律がこちらを見下ろし、眉を上げて問いかけてきた。

「何でそんなに顔を赤らめてるんだ？」

「り、律さんがわたしを、『可愛い』とか言うので」

「本音だけどな。顔も性格も、全部好きだし可愛いと思ってる。頑張り屋で優しいところも、見ていて微笑ましい」

彼が「で、どうなんだ？」と言ってきて、渚はどぎまぎして目の前の律の顔を見つめた。

「えっ、何がですか？」

「俺はずっと、渚とやり直したいと言ってるんだが」

確かにそういう話をしていたのを思い出し、渚は言葉を選びながら答えた。

「わたしも……律さんが好きです。再会してからは大人っぽくなった姿にドキドキして、でも昔のトラウマがよみがえってしまって、最初は絶対に距離を置こうと考えてました。でも、悠の面倒を見てくれる姿に『子どもの扱いが上手いんだな』って意外に思って、いろいろなところで気遣いを見せてくれて……気がつくとまた好きになっていたんです」

本当は律が別の女性と交際していた事実には、今も嫉妬をおぼえる。

だが過去ばかりを見ていても、仕方がない。さまざまな場面で誠実な態度を取り続けてくれた彼を信じたい――そんな気持ちでいっぱいだった。

渚は律の端整な顔を見つめ、想いを込めて告げた。

「わたしは律さんが好きで、一緒にいたいです。……だから改めて、よろしくお願いします」

するとそれを聞いた彼が、ホッと気配を緩ませる。そして渚の髪を撫で、微笑んで言った。

「よかった。昨日の頑なな様子を見たら、もう駄目かと思っていた」

「あれは……その、仁美から『お兄ちゃんは、旅館の立て直しが終わったら東京に帰るつもりかもしれない』って聞いて、だったら自分から身を引こうって思ったんです。律さんから二度も捨てられるなんて耐えられない、自分から距離を取ったほうがよっぽどましだって考えて」

「あいつはとことん俺たちの邪魔をしようとしてたんだな。中村と話しているのを盗み聞きして、不安になりそうなところだけを抜粋して渚に聞かせて」

仁美がそういう行動に走った理由を、渚は考える。

もしかすると彼女は、十一年前に兄と渚の仲を引き裂いたことを本当は後悔していたのかもしれない。だが再びつきあい始めた自分たちの間でいつかネックレスの話題が出る可能性について考え、そうなれば自分があれこれ画策したことが明るみに出るのを恐れて、「お兄ちゃんは、かつて渚を捨てた男だよ」と言って交際に反対していたのではないか。

そんなふうに想像し、渚はかすかに顔を歪める。

(仁美は素直な性格じゃないから、きっと過去の出来事を謝れなかったんだろうな。それで今回もわたしと律さんの仲を邪魔して、何とか遠ざけようとした……)

考え込む渚を見つめ、律が言葉を続ける。

「たとえ仁美に反対されても俺は渚を好きな気持ちを曲げないし、あいつの悪意から絶対に守ると約束する。信じてくれるか？」

「……はい」

彼の気持ちがうれしくて面映ゆく微笑むと、それを見た律がふいに横を向いてしまう。渚は不思議に思って呼びかけた。

「律さん?」

「悪い。もう渚を家まで送っていかなきゃいけないのはわかっているのに、『帰したくない』と思ってしまった。今の顔が可愛すぎて」

それを聞いた渚は、彼が自分を「抱きたい」と言っているのに気づき、かあっと顔を赤らめる。

想いが通じ合ってうれしいのは、自分も同じだ。だがここは律の実家で、彼の家族が同居している。そんな状況で事に及ぶのは現実的ではなく、必死に考えを巡らせた渚は、「あの」と小さく言った。

「じゃあ……わたしのアパートに行きませんか?」

「えっ」

「あそこなら、気兼ねしなくていいですし」

すると律が、躊躇いの表情で問いかけてきた。

「でも、実家に帰らなくていいのか?」

「義父には『今夜はわたしのアパートに泊まります』って言えば大丈夫です」

「そうか。じゃあ、行こう」

＊＊＊

渚を伴って自室から出た律は、階段を使って階下に降りた。玄関で靴を履いているところで、奥から母親の万季子が出てくる。

「律、出掛けるの？……あら渚ちゃん、来てたのね」

彼女に声をかけられた渚が、慌てて頭を下げた。

「お、お邪魔しています」

挨拶もなく家に上がっていた彼女は、恐縮しきりだ。それを横目に、律は母に向かって告げる。

「母さん、俺は今日こっちには帰らないから」

「えっ」

「明日の朝一で帰ってくる」

娘の親友の肩を抱き寄せて玄関を出る息子の姿を、万季子が驚いた顔で見送っていた。渚がそんな彼女を気にしながら、狼狽して言う。

「り、律さん。こんな姿を見たら、おばさんはびっくりしたんじゃ……」

「別に隠すことじゃない。俺は渚とつきあっているのを、誰にだって堂々と言うつもりだから」

すると彼女はじんわりと頬を染め、「そうですか」とつぶやいてうつむいてしまう。

律の車で渚のアパートに向かう道中、車内では互いに無言だった。前を向いて運転しながら、律は先ほどの仁美とのやり取りを思い出す。

（あいつが俺を嫌っているのはわかっていたけど、まさか渚にまで悪意を抱いていたとはな。幸せそうな渚が許せなくて俺との仲を邪魔するなんて、一体どこまで歪んでるんだ）

二十年間親友だと思っていた仁美に裏切られた渚は、きっと深く傷ついたはずだ。

だが話し合いの結果、律との間にあった誤解は解け、改めてつきあっていくことに合意してくれた。今の律の中には、彼女に触れたい衝動がふつふつとこみ上げている。

上倉旅館から渚のアパートまでは、車で約二十分の距離だった。すぐ傍のパーキングに停め、彼女の部屋に入った瞬間、律はその身体を引き寄せて口づける。

「……んっ」

渚の身長は律より頭ひとつ分低く、壁に押しつけて覆い被さるように唇を塞いだ。

不意を衝かれて驚いた様子の彼女だったが、やがて遠慮がちに舌を舐め返し、キスに応えてくる。それがいとおしく、口づけはすぐに熱を帯びた。

「は……っ」

もつれ合うように靴を脱いで室内に入り、寝室に向かう。

再び渚に口づけながら彼女をベッドに押し倒した律は、薄闇の中でその身体を丁寧に愛撫した。唇と手で全身にくまなく触れると、渚があえかな声を漏らす。

十一年前に初めて抱いたとき、彼女は緊張で身を硬くしていた。再会してからこれで三度目の行為になるが、回を増すごとに格段に感じやすくなっていて、触れるとたちどころに蜜を零す。

それがいとおしく、感じるところにばかり触れて何度も追い上げると、上気した顔の渚がこちらの腕をつかんで言った。

「……っ……律さん、もう……っ」

早く欲しいと言外に訴えられ、律の我慢は限界に達する。

一旦身を起こした律は、着ていたシャツを脱ぎ捨ててスラックスの前をくつろげた。

そして昂ぶりに避妊具を装着し、彼女の中に慎重に押し入っていく。

「あ……っ、律さん……っ」

「渚……」

渚の内部は狭く、わななきながら締めつけてきて、それに快感をおぼえながら律動を開始する。

初めは緩やかに、徐々に動きを大きくしていくと、彼女の声が甘くなった。それに煽られた律は熱い息を吐き、渚の上に覆い被さる形で上体を倒す。

そして彼女の頭を抱え込み、髪にキスをして言った。

「好きだ。――今も昔も、こんなに好きなのは渚しかいない」

「あ……っ！」

密着させた腰をぐっと強く押しつけた瞬間、渚が高い声を上げる。

その様子には苦痛は一切なく、瞳が快感に潤んでいて、腕を伸ばした彼女が律の首にきつくしがみついてきた。その身体を片方の腕で抱きしめ、律は何度も中を突き上げる。

彼女の声が次第に切羽詰まったものになり、じりじりと快楽のボルテージを引き上げられた。身体が汗ばみ、呼吸が荒くなる。互いの息遣いとベッドが軋《きし》む音が響き、ぐっと奥歯を噛んだ律は、やがて渚の最奥で熱を放った。

「……っ」

「あ……っ」

薄い膜越しにありったけの熱情を吐き出し、律は荒い呼吸のまま彼女を見下ろす。

渚もすっかり汗だくになっていて、乱れた髪が額に貼りついていた。それを指先で払ってやり、身を屈めた律は彼女の唇に触れるだけのキスをする。

すると渚がじんわりと頬を赤らめ、そんな様子をいとおしく思いながら吐息が触れる距離でささやいた。

「ごめん、シャワーも浴びずにしてしまって。渚が本当に俺の彼女になったんだと思うと、我慢できなかった」

それを聞いた彼女が面映ゆそうに微笑み、まだ完全には整っていない息で答える。

「わたしも律さんとしたかったので、大丈夫です」

渚が「でも」と言葉を続け、薄暗い寝室内をチラリと見やる。

「この部屋はいずれ引き払うつもりなので、もうここでこうして抱き合うことはなくなっちゃいますね。そう思うと、何だか寂しいかも」

「そうか。渚は悠の面倒を見るために、実家に戻るのか」

「はい」

理香が息子の養育を放棄して出ていったのだから、現実問題として渚はこの部屋を引き払い、実家に戻るのがベストだろう。

そうすると彼女と抱き合う場所を考えなければならないが、自分には妙案がある。

そう思いながら、律は微笑んで言った。

「渚が実家に戻るなら、俺がこの辺りでマンションでも借りようかな」

「えっ」

「俺の職場は実家の旅館だが、別に通いでも構わないわけだろう？　いい歳をした大人が、いつまでも実家暮らしというのも何だし」

律の言葉を聞いた渚が、思いがけないことを言われた顔でつぶやく。

「でもそれだと家賃や生活費が別途かかっちゃいますから、今までどおり実家で暮らしたほうがいいんじゃないですか？　もしわたしと会うためにわざわざ部屋を借りるつもりなら、そこまでしてくれなくても」

「元々独り暮らしをしていたせいか、そっちのほうが気楽なんだ。正直こっちに戻ってきてからは、家政婦の森野さんに掃除のために部屋に入られたり、『洗濯物を出してください』って言われるのが苦痛だった」

律は「だから」と言い、彼女の髪を撫でて告げる。

「渚とこうして抱き合う場所は確保できるから、心配するな。悠の育児に影響しない程度に入り浸ってくれるとうれしい」

「そ、そんな、別にわたしはそういう場所にこだわっていたわけじゃ……」

モゴモゴと言う様子が可愛くて、律は小さく噴き出す。するとそれを見た彼女が、じんわりと目元を染めてつぶやいた。

「律さん、たまにそうやって笑うの狡いです。普段はクールで、ニコリともしないのに」

「意識してクールぶってる自覚はないんだけどな。でも、素の顔は渚だけが知ってるっていうのも悪くないんじゃないか？　何しろ〝恋人〟なんだから」

その言葉に眉を上げた渚が、やがて律が愛してやまない柔らかな笑顔になって言った。

「――そうですね」

エピローグ

五月初旬の旭川は桜が満開になり、華やかな観光シーズンだ。

上倉旅館の後継ぎである律が東京から呼び戻され、経営改善に着手して一年、財務は劇的に改善した。

過去十年間毎月赤字、八億円もの負債があった状況だが、まず行ったのは新館の一時的な閉鎖と多すぎる人員のリストラだ。残った従業員たちには徹底的な意識改革を促し、〝決められた仕事以外はしない〟という従来のスタイルを撤廃して、全員接客と全員掃除を義務づけた。

そして〝今、旅館内で何が起きているか〟という情報をインカムやモニターで共有することにより、迅速できめ細かいサービスを提供することができるようになった。

割烹旅館の名にふさわしい料理でブランディングを強化し、宣伝媒体やSNSの活用によって徐々に客が増えるようになると、その利益を建物のリニューアルに投資してよりグレードの高い部屋を作り、宿泊単価を当初の二倍に引き上げることができた。

一番大胆な変化は、休業日を設定したことだ。旅館は年中無休が当たり前の業種だが、少人数での運営を可能にするべく週二回の休業日を設定し、それによって人件費、光熱費、食品ロスが減った。

結果的に売り上げが九パーセント減ったにもかかわらず、利益率は二割アップしたため、持続可能な収益の構造を作ることに成功したといえる。

財務が黒字化したことで、借金は順調に返済できていた。一年が経つ今、律はすっかり〝若旦那〟として従業員たちに受け入れられ、倒産寸前の旅館を立て直した成功事例としてメディアに持て囃《はや》されている。

毎朝八時に行われる朝礼で、律は集まった従業員たちに向かって言った。

「今日の宿泊客は十六組、中にはアレルギーの関係で従来のコースとは違うお料理を提供するお部屋があります。決して間違いがないよう、客室ステータスをこまめにチェックするようお願いします」

「はい」

朝礼後、支配人室に向かった律は、そこで康弘と今月の収益目標について話をする。

彼はタブレットを見ながら、しみじみと言った。

「わずか一年で、ここまで収益が改善するとはな。最初はお前の計画案を荒唐無稽だと思ったけど、こうして数字に表れると正しかったんだと認めざるを得ない」

「従業員たちの、頑張りのおかげだ。彼らが俺を拒絶して業態の変化に従わなかったら、きっとこんな数字は出なかった」

この一年で、父と律の関係も劇的に改善した。当初は過去のいざこざが影響してぎくしゃくしていたものの、彼がこちらが提示した改善案を受け入れてからは衝突することが少なくなった。

今はほとんどの業務を律に任せ、康弘は事務仕事に専念している。ときおりお得意さまが宿泊に来れば大旦那として挨拶に出るものの、半ば隠居の状態だ。しかし最近は他の楽しみを見つけたようで、そわそわとして問いかけてくる。

「それより、悠はうちに連れて来ないのか？　あの子のために新しい問題集を買ったんだが」

このところ康弘が楽しみにしているのは、渚の甥である悠の訪問だ。

彼がまだ五歳であるにもかかわらず既に小学校四年生の問題を解き、三桁の暗算をこなすと知った彼は、「私は昔、数学で大学院に行きたいと思っていたんだ」と意外な告白をしてきた。

そして悠に話しかけ、意気投合して、今や祖父と孫のように仲良くしている。律は笑って答えた。

「悠も来たがっていたから、日曜日に連れてくるよ。問題集、きっと喜ぶと思う」

「そうか」

支配人室から廊下に出ると、うららかな春の日差しが差し込んでいた。

一年前にこの地に戻ってきたときと今では、状況がだいぶ様変わりしている。律にとってもっとも大きな出来事は、十一年前に別れた渚と再びつきあい始めたことだ。

彼女との交際は、順調だった。毎日他愛のないメッセージを送り合い、週の半分ほどは夜に会って、週末は渚が律のマンションに泊まる。実家を出て駅前の高層マンションで独り暮らしを始めたのは、二人きりの時間を持つ上でやはり正解だったようだ。

（……そうなるまでには、紆余曲折《うよきょくせつ》があったけどな）

その元凶となった妹の仁美は、今は実家にはいない。

自己中心的な考えで自分たちの仲を邪魔していた彼女は、事が明るみに出た数日後に連絡を寄越し、律と渚に直接会って謝罪してきた。

『ごめん。今さら謝っても許してもらえないだろうけど、本当に反省してる。……お兄ちゃんが言うとおり、私、すごく身勝手な人間だった』

仁美いわく、彼女は幼馴染である渚に長年コンプレックスを抱いていたらしい。

いつもニコニコと柔和で何事も一生懸命な渚と、性格がひねくれた自分は、あまりにも違う。どんなときも棘がある言い方や居丈高な話し方しかできない仁美には、学生時代ほとんど友人がいなかった。だがそんな自分の性格を許容してくれる渚と一緒にいると、学校で完全に孤立せずに済んだという。

『学生時代は渚を間に入れることで周囲と何とか穏便にできていたけど、私とつきあった男は皆「こんなにきつい性格だと思わなかった」って言って去っていった。そんな自分に密かにコンプレックスを感じていたとき、渚がお兄ちゃんとつきあい始めて嫉妬したの。毎日キラキラ楽しそうで、お互いを大事にしてるのが伝わってきて……妬ましくて壊してやりたくなった。だからあんたの家に泊まりに行って、部屋に置いてあったネックレスを盗んだ』

双方に違う話を吹き込み、首尾よく立ち回った結果、律と渚は破局した。

だが彼女の落ち込みようを目の当たりにした仁美は、一時の衝動で渚を深く傷つけたことに長く罪悪感を抱いていたという。そして十一年が経ち、あれ以来一度も帰省していなかった兄の律が戻ってくることになって、焦りをおぼえたのだと語った。

『もし渚とお兄ちゃんが会って話をしたら、過去に私が二人の別れを企んだことがばれちゃう。そう思って、渚にお兄ちゃんの悪口を吹き込んで何とか二人が接点を持たないようにした。でも……そんな私の思惑は外れて、渚とお兄ちゃんはまたつきあい始めてしまった』

渚は「ネックレスを失くしたことは、律には言えない」と話していたものの、仁美はいつ二人の間でその話題が出るかと考え、ストレスを感じていたらしい。

彼女は渚に深く頭を下げて言った。

『このあいだはお兄ちゃんに問い質されて、動揺してついあんな憎まれ口を叩いたけど、私は渚のことを親友だと思ってた。仕事やプライベートで忙しくても穏やかで、悠のお世話を本当の母親みたいに一生懸命やってるのを尊敬してたし、〝こんなふうになれたら〟っていう目標みたいな存在だった。一緒にいると、自分も少し優しくなれる気がして……それなのに自分勝手な八つ当たりで傷つけて、本当にごめん』

謝ったとき、仁美は気丈な彼女にしては珍しく泣いていた。

彼女の言葉を聞いた渚はしばらく黙ったあと、自分にとって十一年前の出来事がトラウマになったこと、今回律と再び引き離そうとしたことは到底許せないと仁美に語った。

『このあいだ律さんも言ってたけど、誰かを陥れたって仁美自身は幸せにはなれないよ。実際わたしたちを破局させて、楽しかった？　過去の自分の行動を、ずっと後悔してたんでしょう？』

『……』

『仁美のことは親友だと思っていたから、余計に許せない。傍《はた》から見たら能天気に見えるかもしれないけど、わたしだって傷つくことがあるんだから』

沈痛な顔で押し黙る仁美を見つめ、渚は「でも」と言って彼女の手をそっと握った。

『時間が経って、いつか許せるときが来たらいいなって思ってる。それは三年後かもしれないし、もしかしたら十年後かもしれない。わたしの中のわだかまりが消えて、また友達に戻れたらいいって、今は思ってるよ』

その後、仁美は律にも自分の過去の言動を「本当にごめんなさい」と謝り、実家を出ていくと告げた。

離婚後に実家に戻り、仕事に就かずに悠々自適な生活を送っていた彼女だが、それでは駄目だと考えたらしい。あれから一年、札幌で就職した仁美は、独り暮らしをしながら自分自身を見つめ直しているという。カウンセリングにも通い、人を傷つけない言い回しや気持ちの落ち着かせ方を少しずつ学んでいるらしいと、母の万季子が言っていた。

(仁美は子どもの頃から長男の俺が自分より両親に優遇されていると感じていて、だから攻撃的な態度を取っていたんだと言っていた。十一年ぶりに帰ってきて、上倉旅

館の跡取りとして振る舞っているのも面白くなかったと）

持って生まれた性格を矯正するのは、大人になってからはかなり大変なはずだ。

彼女のしたことはまだ許せないものの、渚が言うようにいつか穏やかに顔を合わせるときが来ればいい。今はそう考えていた。

一方、渚は勤務先の塾生である川口に依存されていたものの、それは律が対応して解決した。彼に直接会い、自分が渚の交際相手であることを明かした上で、過度な連絡が彼女の精神的負担になっていること、状況を改善するには教師や親に相談するのが第一だと告げると、突然の第三者の介入に川口はひどく動揺していた。

問答無用で保護者に連絡を取った結果、彼の両親と塾の上層部が動き、川口をいじめていた三人は塾の放校処分を受けることになった。彼らが通う学校と保護者にも連絡がいったため、いじめはすっかりなくなって、第三者である律が介入したことは正しかったといえる。

川口の両親は渚に深く謝罪し、「今後は息子からあなたに連絡をさせないようにします」と言って、彼からの頻繁なメッセージは収まった。渚がホッとした顔で言った。

「最初に川口くんに関わった大人なのに、わたし一人では何も解決できなくて、全然駄目ですね。律さんが動いてくれなかったら、もっと事態が長引いていたかもしれません」

「そんなことはない。当事者である彼も、『狭山さんが親身になって話を聞いてくれたのが、救いになっていた』『だからこそ依存して、迷惑になっているのを考えずにしつこく連絡してしまい、深く反省しています』って言ってただろう」

そんな彼女は、今も個別指導ヴィオスの事務員を続けている。

毎朝出勤前に悠を保育園に送っていき、午後五時に退勤してお迎えに行ったあとは自宅で夕食を作るというのが、日々のルーティンだ。

悠の母親である理香はあのとき出ていったまま帰らず、息子について「私に懐かない子なんていらないから、勝手に育てて」と言っているらしい。おそらく一緒にいてもまともな育児をしないため、彼が祖父の元に残ったのは正しい判断だったのだろう。

悠は理香を後追いはせず、彼女とその恋人と暮らしていたときのことを渚にポツポツ話してくれたらしい。彼いわく、理香は掃除も洗濯もしない劣悪な環境の中、息子にパンや見切り品の弁当などを買い与え、おねしょをしたときはヒステリックに暴力を振るっていたという。

それを聞いた渚はひどく憤り、「やっぱり理香さんに、悠を渡さなくてよかった」と言っていた。

（渚が怒るのも、当然だ。悠があんなにおとなしい性格なのはこれまでの生い立ちのせいだと思うと、胸が痛む）

この一年、祖父や渚と一緒に暮らしてきた彼は子どもらしく明るくなった。上倉旅館に連れていくうちに康弘や万季子とも仲良くなって、今はとても幸せそうに見える。

小さく息をつき、若旦那として旅館の仕事をこなした律は、午後六時に退勤した。夜勤担当の従業員に申し送りをして更衣室で私服に着替えたあと、スマートフォンを開く。

すると渚からメッセージがきていて、「今日はお義父さんが悠のお迎え担当なので、わたしは律さんの家でご飯を作って待ってます」とスタンプ付きで書かれていた。

（渚の手料理か。楽しみだな）

旅館を出た律は自分の車に乗り込み、マンションに帰宅する。

玄関を開けるといい匂いが漂っていて、リビングから渚が顔を出した。

「律さん、おかえりなさい」

「ただいま」

テーブルには真鯛のカルパッチョや照り焼きチキンとアボカドのヨーグルトマヨソ

ース掛け、海老とマッシュルーム、ブロッコリーのアヒージョなどワインに合うメニューが並んでいる。律は微笑んで言った。

「美味そうだな」

「家では悠がいますから、なかなかこういう料理が作れなくて。スパークリングワインがあるんですけど、開けましょうか」

「俺がやるよ」

冷蔵庫から取り出したワインの栓を開け、渚のグラスに注ぐ。

前職での社内研修でレストランのサービス講習があったため、律の手つきはスマートだ。彼女が笑って「ありがとうございます」と言い、グラス同士を触れ合わせて乾杯した。

料理を口に運んだ律は、アヒージョを嚥下して言う。

「うん、美味い。でもせっかく今日は料理をしなくていい日だったんだから、外で食事したほうがよかったんじゃないか？　渚も疲れてるだろうに」

「こうして律さんと飲むために料理をするのは、いい気分転換になりますから。それに外より家のほうが、リラックスできますし」

互いに今日の出来事を話しながら食事をし、ワインが進む。

渚が「そういえば」と言って、こちらを見た。

「悠のことなんですけど、義父が突然『養子縁組をしようと思う』って言い出したんです」

「養子縁組？」

「はい。現時点では親権者は理香さんで、書類上も親として名前が書かれていますし、何をするにも彼女の許諾や署名が必要でした。でも理香さんには悠を育てる意思がなくて、実際は義父が養育を代行している状態です。来年あの子は小学校に入りますし、手続きの煩雑さを解消するため、いっそ養子にしようと考えているみたいで」

確かに祖父母と孫が養子縁組をする話は、珍しくない。

ほとんどは財産の散逸を防ぐためという理由でするのが多いが、悠の実親である理香に養育する意思がないのなら、祖父の誠一が親になるのは充分にありだろう。

（でも……）

そうなれば悠は、〝普通の家庭〟を知らないまま育つことになる。

元々父親がわからず、母親にも捨てられた状態なのだから、既に普通とは程遠い。誠一や渚に愛情を持って育てられている現状が一番幸せだといえるが、律の中にはしばらく前からある考えがあった。

ワイングラスをテーブルに置いた律は、目の前の渚を見つめて口を開いた。

「――それ、俺と渚じゃ駄目かな」

「えっ？」

「俺たちが結婚して、悠を養子にするのはどうだろう」

彼女が驚きに目を瞠り、呆然とつぶやく。

「律さん、それって……」

「しばらく前から考えていた。俺は渚とずっと一緒にいたいし、結婚したい。でもそうすると、渚は実家を出なきゃならなくなるだろう？　お義父さん一人で悠を養育するのは無理があるって思ってたんだ」

「……はい」

「この一年間悠と接してきて、俺はあの子に愛情を抱いてる。優しい性格で、自分の立場を弁えて〝いい子〟でいようとしているところが、いじらしくてならない。でも一緒に遊ぶと子どもらしい笑顔を見せてくれて、この先も彼の成長に関わっていきたいって強く感じたんだ。そのためには、俺と渚が結婚して悠を養子にするのが一番自然じゃないかと思う」

するると渚が、焦った顔で言う。

「でも……律さんは、本当にいいんですか？　血の繋がりのない子どもを、自分の子として育てていくのは大変です。ご両親も反対するんじゃ」

「それは大丈夫じゃないかな。悠は何度もうちに遊びに来て、俺の両親にも馴染んでる。特に父さんは、かつての自分と同じように算数が好きな悠が可愛くてたまらないらしい。『次はいつ来るんだ』って、会えるのを心待ちにしているくらいだから」

律は「それに──」と言葉を続け、彼女を見た。

「血の繋がりのない子どもを実子同然に育てているのは、渚も同じだろう？　たとえ血縁関係ではなくても、新しく絆《きずな》を結んで家族になれる。俺はそう信じてる」

「……律さん」

「その大前提として、俺は渚に強い愛情を抱いてる。仕事や悠の育児に一生懸命で、それでも疲れた様子を見せずにいつも明るくしている渚を、俺が甘やかしてやりたい。一年間つきあってきて、その想いが募る一方なんだ」

渚の顔が、じんわりと赤くなっていく。律は目の前の彼女の手をテーブル越しに握り、真摯に告げた。

「だから俺と結婚してくれないか？　渚と悠を、俺がずっと守っていくから」

彼女の目が潤み、大粒の涙がポロリと零れる。慌ててそれを拭った渚がつぶやいた。

「すみません。まさか律さんが、悠のことをそんなふうに考えてくれてるとは思わなくて」

「…………」

「実は悠が、前に布団の中で言ってたんです。『初めて律くんとバーベキューをしたとき、おんぶをしてもらえてうれしかった』って。背中が大きくてあったかくて、『パパってああいう感じなのかなあ』って言っているのを聞いたら、胸がぎゅっとしてしまって……。あの子は会ったことがない父親のイメージを律さんに重ねていて、でもそれは迷惑なんじゃないかって、ずっと思っていました」

「俺も悠をおんぶしたとき、『自分の子どもがいたら、こんな感じなのかな』って考えてたよ。安心して体重を預けてもらえるのは信頼されている証《あかし》みたいでうれしいし、たぶんあのときから渚と悠と家族になることを考え始めていた気がする」

律は彼女の手を強く握り、「それで、返事は？」と問いかける。

「俺の実家は旅館だけど、渚にそれを手伝うことは強要しない。今の仕事を続けたいなら、現状のまま継続してもらっていい」

「……あの」

「実家でうちの両親と同居するのも、抵抗があるならそう言ってくれ。むしろこのマンションで暮らしたほうが、両親からしても気楽かもしれないしな」

共働きなのだから、悠の育児や日々の家事はしっかり分担する。三人が心地よく暮らしていけるように、臨機応変に対応したい――そう告げると、渚が面映ゆそうに笑った。

「さすがは、わずか一年で上倉旅館の経営を立て直した律さんですね。プレゼンが上手いです」

「そうか？」

「律さんと話していると、心の中の不安が晴れていく気がします。いつも揺るぎなく傍にいて、支えてくれてるなって」

彼女は一旦言葉を切り、律が愛してやまない笑顔で言う。

「わたしも律さんと、結婚したいです。この先もずっと一緒にいてくれますか？」

渚の言葉を聞いた律は、心の中に歓喜の感情が広がるのを感じつつ、笑って答えた。

「もちろん。――この先の人生、俺の全部を懸けて、渚と悠を幸せにすると約束するよ」

あとがき

こんにちは、もしくは初めまして。西條六花《さいじょうりっか》です。今回のお話はわたしの地元である北海道が舞台、十一年ぶりに再会するラブストーリーとなりました。

ヒロインの渚は学習塾の事務員、甥っ子の面倒を見ながら働く苦労人です。一方のヒーロー律は老舗旅館の後継ぎ息子、東京のホテルを辞めて地元に戻り、傾きかけた実家の旅館を再生することになります。

生粋の道産子であるわたしにとっては東京在住のセレブ御曹司よりも書きやすく、楽しく執筆することができました。また、作中に子どもが出てくるのは今まであまりないことで、新鮮でもありました。渚の甥っ子である悠は今回表紙にも登場するようですので、仕上がりがとても楽しみです。

ここからはネタバレになりますが（注意！）、渚の親友で律の妹である仁美は札幌で独り暮らしを始め、カウンセリングに通うものの、相当苦労することになります。

やはり持って生まれた性格をすぐに直すのは難しく、孤独や挫折感を味わったり、自己嫌悪に陥る中、三年後に近所で車の修理工場を営む大らかな性格の男性と出会って結婚する予定です。
その頃には渚と律の間に女の子が生まれていて、悠は優しいお兄ちゃんになってお
り、親族として少しずつ雪解けになるのかなと（渚は元々お人好しなので）。
ちなみに悠は小学校一年生のときに上倉旅館で行われた対局を見たのをきっかけに
将棋に興味を持ち、高校生でプロの棋士になります。てっきり数学者になるかと思っ
ていた律の父親は少々がっかりしたものの、誰よりも孫を応援するようになるに違い
ありません。
今回のイラストは、海月《くらげ》あるとさまにお願いいたしました。美麗な絵柄の海月さま、
お仕事をご一緒するのは二度目で、とてもうれしいです。
今年の夏は、こちらは厳しい暑さとなりました。本作が刊行されるのは秋の予定で
すが、涼しくなっているのが現時点ではちょっと想像がつきません。
この本が、皆さまのひとときの娯楽となれましたら幸いです。またどこかでお会い
できることを願って。

西條六花

m a r m a l a d e b u n k o

「何が何でも、
俺を好きにさせてやる」

ISBN978-4-596-01537-2

身体から始まる極上蜜愛

～完璧御曹司に心まで堕とされました～

西條六花

人違いをきっかけに知り合ったホテル王の御曹司・頼人に交際を申し込まれた燈子。世界が違いすぎると断るが、「俺を好きにさせてやる」と甘く迫られる。自分に似ているという女性が気になり、素直になれない燈子だが、彼は予想以上に溺甘で…!? 初心な燈子は戸惑いつつ、頼人が孕む色気と、蕩けるような溺愛に惹かれていくのを止められず…。

甘くてほろ苦い。キュンとする恋♥ マーマレード文庫 定価 本体600円 ＋税

原・稿・大・募・集

マーマレード文庫では
大人の女性のための恋愛小説を募集しております。

優秀な作品は当社より文庫として刊行いたします。
また、将来性のある方には編集者が担当につき、個別に指導いたします。

募集作品
男女の恋愛が描かれたオリジナルロマンス小説(二次創作は不可)。
商業未発表であれば、同人誌・Web 上で発表済みの作品でも
応募可能です。

応募資格
年齢性別プロアマ問いません。

応募要項
・A4判の用紙に、8〜12万字程度。
・用紙の1枚目に以下の項目を記入してください。
①作品名（ふりがな）／②作家名（ふりがな）／③本名（ふりがな）
④年齢職業／⑤連絡先（郵便番号・住所・電話番号）／⑥メールアドレス／⑦略歴（他紙応募歴等）／⑧サイトURL（なければ省略）
・用紙の2枚目に800字程度のあらすじを付けてください。
・プリントアウトした作品原稿には必ず通し番号を入れ、
右上をクリップなどで綴じてください。
・商業誌経験のある方は見本誌をお送りいただけると幸いです。

注意事項
・お送りいただいた原稿は返却いたしません。あらかじめご了承ください。
・必ず印刷されたものをお送りください。
CD-Rなどのデータのみの応募はお断りいたします。
・採用された方のみ担当者よりご連絡いたします。選考経過・審査結果についてのお問い合わせには応じられませんのでご了承ください。

m a r m a l a d e b u n k o

応募先
〒100-0004 東京都千代田区大手町1-5-1 大手町ファーストスクエア イーストタワー19階
株式会社ハーパーコリンズ・ジャパン「マーマレード文庫作品募集」係

ご質問はこちらまで E-Mail / marmalade_label@harpercollins.co.jp

マーマレード文庫

捨てられたはずが、再会した若旦那様の蕩ける猛愛に絡めとられました

2023年10月15日　第1刷発行　定価はカバーに表示してあります

著者　西條六花　©RIKKA SAIJO 2023
発行人　鈴木幸辰
発行所　株式会社ハーパーコリンズ・ジャパン
東京都千代田区大手町1-5-1
電話　03-6269-2883（営業）
0570-008091（読者サービス係）
印刷・製本　中央精版印刷株式会社

Printed in Japan ©K.K. HarperCollins Japan 2023
ISBN-978-4-596-52772-1

m a r m a l a d e b u n k o